書下ろし

隠密家族 難敵

喜安幸夫

祥伝社文庫

目次

一　新たな敵

一

初夏を感じる。

おもて向きは、のどかだ。

吹きこぼれるような緑の樹々《きぎ》に、擦れる音が走った。

「お嬢。あそこにも白いのが。へへ、まるでお嬢みたいですぜ」

「なに言ってるの、留《とめ》さん。わっ、ほんとうだ」

灌木《かんぼく》の茂る傾斜をすべり下りた留左《とめざ》に、

「こっち、こっち。トトさまもカカさまも、早う」

佳奈《かな》は背後をふり返り、留左につづいた。

白い可憐《かれん》な姫百合《ひめゆり》の花が、湿った窪地《くぼち》に群れをなしている。

元禄《げんろく》十一年（一六九八）は卯月《うづき》（四月）に入り、神田須田町《かんだすだちょう》の霧生院《きりゅういん》には、町に根付いた療治処としての慌《あわ》ただしさはつづくものの、見た目には平穏な日々がながれていた。

霧生院家秘伝の埋《うず》め鍼《ばり》で〝敵〟の元凶であった紀州《きしゅう》藩主・徳川光貞《みつさだ》の正室・安宮《やすのみや》照子《てるこ》を葬《ほうむ》って以来、国おもてから来る符号文字の文《ふみ》にも、

――当地にも敵影、認められず
記《しる》されている。

となれば、かえって一林斎《いちりんさい》と冴《さえ》の胸中には、避けて通れない悩みが鎌首をもたげてくる。

（佳奈の行く末を……）

自分たちだけでは決められないことを、一林斎と冴は承知している。

源六《げんろく》の妹である佳奈の出自《しゅつじ》を明かしても、即〝敵〟の標的になる危険がなくなったのなら、この夫婦が佳奈を〝わが子〟として育てる理由は希薄になる。

しかし、

「――まっこと佳奈ちゃんは、霧生院にふさわしい娘御じゃ」

町内の住人たちばかりでなく、縁あって面識を得た播州《ばんしゅう》浅野《あさの》家侍医の寺井玄渓《てらいげんけい》や家臣の片岡源五右衛門《かたおかげんごえもん》らも、〝家族は三人〟を信じて疑わない。

一林斎も冴も、極秘の役務と関わりのない周囲からそう言われるのは、ことさらに嬉しいものであった。光貞の側室・由利《ゆり》の腹から生まれるなり佳奈は、一林斎と冴の〝娘〟として育てられ、すでに十三歳になっている。

早朝から爽《さわ》やかな初夏の一日、日の出とともに一家そろって薬草採りに出かけるのも、佳奈にせがまれたこともあるが、〝家族〟の絆《きずな》を強めるものであった。

これまでも薬草採りにはよく出かけたが、一林斎か冴のどちらかがかならず霧生院に残った。もちろん町内の住人のため、療治処を留守にはできないとの口実はあったが、紀州藩薬込役《やくごめやく》としていつ火急の遣《つか》いの者が霧生院の冠木門《かぶきもん》に走り込んで来るか知れなかったからである。一林斎が江戸潜《ひそ》みの組頭《くみがしら》とあっては、それへの備えは必要なことであった。

きょうの〝家族〟そろっての薬草採りは、それほどに貴重なもので、

「へへ。あっしが荷物持ちをいたしやすぜ」

と、町内の遊び人で、なにかと霧生院に出入りしている留左もついてきた。七年前の町の療治処開業の日に、最初の患者として食あたりの激痛で担ぎ込まれ、一林斎が

鍼で治して以来、庭の掃除や薬草の手入れに荷運びと、霧生院にとっては便利な存在となっている。当初は佳奈を〝佳奈ちゃん〟と呼んでいたのが、娘十三歳になれば一人前か、いまでは〝お嬢〟などと称《よ》んでいる。

すべりおりた窪地に、小さなせせらぎの音がする。

甲州《こうしゅう》街道で、開業間近の槌《つち》音が絶えない内藤新宿《ないとうしんじゅく》の作事場《さくじば》を抜け、最初の宿場である下高井戸宿《しもたかいどじゅく》をさらに西へ出た山間《やまあい》の一角である。

去年の夏だった。光貞の三男・源六こと松平頼方《まつだいらよりかた》暗殺のため、京より出張《でば》って来た式神の一群と下高井戸宿を拠点に戦い、一人ひとり殲滅《せんめつ》していったが一林斎も深手を負った。そのとき事前に地形を調べるため一帯を歩き、たまたま見つけていた薬草の群生地だ。

一林斎はいつもの足首の部分を狭く仕立てた軽衫《かるさん》に、袂《たもと》の細い筒袖《つつそで》を着込み、根掘りの道具にも武器にもなる苦無《くない》を腰に下げている。留左は灌木群に入るため股引《ももひき》をはき、単《ひとえ》の着物を尻端折《しりはしょり》に、手甲脚絆《てっこうきゃはん》をつけた旅支度のいで立ちで、薬草篭《かご》を背負っている。

冴と佳奈は霧生院を出るときは、手甲脚絆に着物の裾《すそ》をたくし上げ、杖《つえ》と笠を持った旅姿だったが、下高井戸を過ぎてからは絞《しぼ》り袴《ばかま》に筒袖の姿になっている。下高井戸宿で町並みの中ほどにある角屋《かどや》という旅籠《はたご》に草鞋《わらじ》を脱ぎ、着替えたのだ。佳奈の絞り袴も筒袖も梅の花模様で、冴の手ほどきを受けながら自分で仕立てたもので、当人が一番気に入っている。冴の訓育は薬研《やげん》の挽《ひ》き方や手裏剣に飛苦無《とびくない》の打ち方だけではない。書籍から日常の全般にわたっているのだ。

角屋は去年、女将《おかみ》や女中、番頭にまで充分に鼻薬を効かせていたので、

「――これはお江戸のお医者さま」

と、よく覚えており、

「――まあ、お嬢さまもご一緒に」

と、下へも置かぬ歓待ぶりだった。

江戸の医者が、家族と〝下男〟を連れて薬草採りに来た。そこになんの不自然さもない。

「佳奈、留さん、気をつけて！」

佳奈が呼ぶ声に、冴が大きな声を返した。

「へへん、大丈夫でさあ。このくらい」

留左が灌木に音を立て、威勢よくふり返った。

「いかん、急ごう」

のだ。

「はい」

一林斎に冴も応じ、二人は灌木の枝葉をかき分けた。

留左は冴が注意したのを、斜面で滑るなと受け取ったのが、応《こた》え方から感じられたのだ。

案の定だった。

小さな鈴のかたちで、白いランの可憐さを思わせる花が一本の茎にいくつも連なっているのが、緑の大きな葉のあいだのあちこちに見える。

その一本を留左が引き抜き、

「やっ。土までついてきやがったぜ」

と、根元の部分をねじるようにへし折り、その茎の液体が、

「わっ」

佳奈に飛び散った。

「留、そのまま！　佳奈も動くなっ」

一林斎は叫ぶなり斜面を飛び降り、冴もそれにつづいた。

「えぇえ！」

留左は理由《わけ》が分からず、液のしたたる茎を持ったまま立ちつくし、佳奈はすぐさま

水の流れを見つけ、

「留さん早く、こっち」

呼んだ。

そこへ一林斎が斜面から降り立ち、

「留、それを捨てよ！　手を見せろっ」

いきなり留左の腕を取った。足袋《たび》を履《は》き手甲脚絆《てっこうきゃはん》をつけていても、手には皮膚が直接出ている部分がある。街道から灌木をかき分け、かなり入ってきている。すり傷などを負っていないか調べたのだ。浅く、引っかいたようなところがある。

「さあっ。佳奈、ここをよく見つけた」

「な、なんですかい!?」

足元に沢の水が流れている。そこへ留左を座り込ませ、

「痛《いて》ててっ」

きつく幾度も水洗いさせた。

冴は降り立つなり佳奈に、

「どこにかかりました！　目や口には？」

「はい。どこにも」

佳奈は応え、

「ふーっ」

ようやく冴は安堵の表情になった。

「先生、ご新造《しんぞ》さま。なんなんですかい、いったい」

「留、背中の篭の中になにが入っておる」

「へえ。薬草に、ええっと、油紙で」

留左は不満そうに応えた。


ずっと以前、一林斎と冴が佳奈の手を引き、江戸へ出てくる道中でのことだった。街道に沿った集落の近くに歩を進めているとき……、季節もちょうどいまごろだった。村の中からいきなり髪をふり乱した女が飛び出てきて地に手をつくなり、

「――先生、お医者の先生とお見受け致しまする！　お助け、お助けくだされ！」

一林斎の形《なり》を医者と看《み》たのだろう。

女はもう一人増え、男たちも走って来た。

「――さあ、お願いしますじゃ！」

急患か、切羽詰まったようすだ。女は一林斎を急かし、もう一人が冴の袖を引き、

さらに男が佳奈を抱きかかえ、村のほうへ走った。
十四、五歳の若い娘が二人、部屋の中で一人は腹を押さえ口から涎《よだれ》をたらしてのたうち、片方は激しい頭痛を訴え、目も虚《うつ》ろにときおり吐き気をもよおす症状を示していた。
一林斎と冴は状況を訊き、すぐに原因を覚《さと》った。

数人の手を借り、娘二人に無理やり水を大量に飲ませ、それをうつ伏せにさせて吐かせ、さらにまた水を……幾度もくり返し、吐かなければ数人で逆さまにして吐かせ、鼻からも水を出し、そのたびに娘二人はうめくような悲鳴を上げた。最初に飛び出して来た女二人は、娘たちの母親だった。

一林斎と冴の療治は、女たちが、

「――もう、もうやめてくだされ！」

と、娘を逆さまにしようとする冴にしがみつくほど、手荒なものだった。

「――もう、いいだろう」

一林斎が言ったとき、娘たちはぐったりとなっていたが、苦しみの表情は失せていた。

娘二人は連れ立って姫百合《ひめゆり》を摘みに沢地に行き、花が可憐なものだから萎《しお》れないようにと竹筒に水を入れ、そこに挿して持って帰った。途中、喉《のど》が渇いたものだから、二人はその水を飲んだという。

このとき佳奈は六歳だった。一林斎と冴の荒療治を、凝《じ》っと見つめていた。

姫百合は根や茎を少量、煎じて飲むと強心作用のある薬湯となる。だが量を間違えれば猛毒である。一林斎と冴の荒療治がなければ、娘二人は苦しみのなかに心拍の音をとめていただろう。

可憐な姫百合の恐ろしさを説《と》く一林斎と冴に、村人たちは得心した。以前にも似たことがあり、その者は死んだというのだ。

村を出るとき、街道まで大勢がついてきて、地に手をついて〝親子三人連れ〟を見送った。

薬草は種類によっては、人の命を救いもするが殺しもする。

自然と佳奈はそれを学んでいるのだ。

きょうの薬草採りは、その姫百合の根と茎を採るのがおもな目的であり、茎も根も直接手で折ったりはせず、苦無で切り油紙に包んだ。その扱いは、

「こりゃあ魂消《たまげ》やしたぜ」

と、留左が驚くほどの用心深さだった。それは甲賀《こうが》のながれを汲む、紀州徳川家の薬込役なればこそのことであった。

一林斎は言った。

「薬草にはなあ、茎や根の一本にも細心の注意が必要なのだ」

「へ、へい」

留左はさきほどの一林斎と冴の慌てぶりから実感したようだ。だが、その言外に秘められたものは、留左の思考のはるか外のことであった。

もう一つ、おもな目的があった。

トリカブトの根の採取である。これも紫の可憐な花だ。形が舞楽のかぶり物の鳥兜《とりかぶと》に似ていることからついた名だ。咲くのは盛夏から晩夏にかけてであり、姫百合が咲くころにはまだ早い。

葉は茂っている。その葉がセリやゲンノショウコと似ている。さきほど摘んだそれらが、留左の背の篭の中に入っている。

ゲンノショウコを摘むとき、

「——これってねえ、留さん。下痢にすごく効くのよ」

「——へへへ。まあ、そのようでやすねえ」

と、佳奈に言われたとき、留左は照れていた。留左が霧生院の開業第一号の患者となったとき、しばらく佳奈は〝お腹痛《なかいた》のおじさん〟と呼んでいた。

「――どのくらい効くかって？　留さん、知っているでしょう。現《げん》の証拠だからゲンノショウコ。てき面《めん》草《そう》とも、たちまち草《ぐさ》とも言うのよ」

などと言ったときには、からかわれているのだが大笑いしていた。

姫百合の群生する近くでトリカブトの葉を見つけたとき、冴は、

「留左さん、ちょっと」

と、背の篭からセリとゲンノショウコの葉を取り出し、現物でトリカブトとの違いを佳奈に説明した。

いついかなる季節にも、薬草の見分けはつけられなければならない。それこそが、きょうの最大の目的だった。

もちろん、

「量さえ誤らねば、お年寄りのよく患《わずら》う足腰や腕の筋肉や関節の痛みや炎症に、非常によく効くのです。もちろんからだのあちこちの鎮痛にも」

「ほう。蘭方で言うリウマチってやつですかい」

と、冴がトリカブトの効能を説明したとき、留左はこれまでの聞きかじりの一端を

ちらと見せた。

かたわらで一林斎はうなずいていた。留左の耳学問に対してではない。冴が冒頭に言った〝量さえ誤らねば〟に対してだ。

まさしくトリカブトは加減を的確にすれば、〝人をも殺す〟姫百合以上の猛毒となる。現に薬込役秘伝の安楽膏《あんらくこう》にも、トリカブトが入っている。

留左が〝蘭方で〟などと言ったからではないが、

「漢方ではトリカブトの根を乾燥させたのを附子《ぶし》といってなあ、それを挽いて薬湯にするのだが。そのとき耳かき一杯でも量を間違えれば、効くどころか患者は苦痛に顔をゆがめることになる。だから、ほれ、醜女《しこめ》のことを、ブスなどと言うじゃろ」

「えっ、あははは。ありゃあ、そこから出た言葉ですかい」

一林斎が言ったのへ留左は愉快そうに笑った。

「トトさまっ」

佳奈が横目でじろりとにらみ、

「へへ。ご新造さまやお嬢には、まったく縁遠い話で、へい」

留左が照れ笑いしながら言った。

季節柄、この日の収穫は多く、背の篭は一杯になった。それらの葉の一枚一枚、茎や根の一本一本まで慎重に扱わねばならない。留左には向後《こうご》、霧生院の庭で栽培している薬草の手入れにも、いっそう熱が入ることだろう。

きょうの遠出に、佳奈は一日中嬉々としていた。下高井戸宿の角屋に泊まり、もう一日とせがんだが、療治処を開業している以上それはできない。きょう一日だけでも、患家や通院の患者、それに町内の妊婦のようすを診《み》て、ようやくひねりだしたのだ。

四人が神田須田町に戻ったのは、陽が沈んでから間もなくだった。

重大事が起きていた。

二

留左が塒《ねぐら》の長屋に帰り、霧生院の居間に灯りが点《つ》くのとほとんど同時だった。向かいの一膳飯の大盛屋《おおもりや》のあるじが、冠木門の潜り戸から走り込んできた。異常を感じ、一林斎が玄関口に立った。

一刻（およそ二時間）ほど前に霧生院の閉まっている冠木門を叩く者がいて、まだ店の中で待っているという。大盛屋には薬草採りに出かけるとは告げたが、どこへとは話していなかった。もう一刻も待っている……。身なりを訊けば、股引《ももひき》に腰切半纏《こしきりばんてん》を三尺帯で決めた職人姿だという。

(イダテン!)

緊張が一林斎の脳裡を走った。

紀州徳川家の上屋敷は赤坂《あかさか》御門外にある。その赤坂の町場に住みつき、長屋の腰高障子に〃印判師 伊太《いた》〃と墨書している、薬込役江戸潜みの一人だ。上屋敷の動きは光貞の腰物奉行を務める小泉忠介《こいずみただすけ》から、イダテンを通じて一林斎に伝えられる。そのイダテンが夕刻近くに来て、大盛屋に言付けを頼んで帰ったのではなく、まだ待っている。

「冴、向かいにお客人らしい。ちょいと行ってくる」

「あれれ、トトさま。お客さまなら、こちらへ来てもらえばいいのに」

佳奈は言ったが、きょう一日機嫌よく疲れたせいか、冠木門の潜《くぐ》り戸を出る一林斎に、しつこく来客の詮索《せんさく》をすることはなかった。

大盛屋は、昼間は一膳飯屋だが夕刻近くからは、近所の者が気軽に立ち寄れる居酒屋になる。日の入りの前後、仕事を終えた職人やちょいと商舗《みせ》を出てきたお店者《たなもの》などで、けっこうにぎわっている。

果たしてイダテンだった。

隅のほうの飯台に席を取り、晩めしのほか二合徳利《どっくり》を空にしたようだ。だが、顔は蒼ざめている。

入って来た一林斎を見るなり軽く腰を上げ、

「やあ、待たせた。すまぬ」

「いえ」

言いながら向かい合わせに座る一林斎に居住まいを正した。

まわりが飲み客でざわついていると、極秘の話をするのにかえってつごうがいい。

このようなところで怪しげな話をするなど、誰も思わないだろう。

「聞こうか」

「へえ」

薬込役は武士だが、職人を扮《こしら》えているときは職人らしい所作と言葉遣いになる。

イダテンは顔を一林斎に近づけ、おもむろに言った。

「小泉忠介どのから、中間《ちゅうげん》の氷室章助《ひむろしょうすけ》どのを通じ」

「ふむ」

「光貞公が、隠居あそばされました」

「うっ」

一林斎は瞬時、息が詰まる思いになった。

身罷《みまか》ったのではないものの、

（たかが隠居……）

では済まされない。

薬込役は藩のあらゆる仕組を越え、藩主直属である。

隠居と新藩主……。

周囲の世代も替わる……。

差配はどうなる……。

すんなりと行くはずがない。

イダテンが言付けではなく、直接伝えようと一刻も待っていたのは、江戸潜みの薬込役一人一人が、そこを懸念していることのあらわれであろう。

イダテンは低声《こごえ》でつづけた。

「すでに国おもてには大名飛脚が発ちました。公儀への報告は明日。関連する諸行事は、それからということになりましょう」

「ふむ」

一林斎は短く返し、さらにイダテンは、

「小泉どのから、向後の指示をいただきたい……と」

言われても、即座には応《こた》えようがない。考慮すべきことが、多すぎるのだ。しかもそれらのすべてが、状況がどう変わるか見極めなければ対応のしようがないものばかりだ。国おもての、大番頭《おおばんがしら》からのつなぎが待たれる。

大名飛脚は、きょう出たばかりなのだ。つなぎがあるまで、十日はかかろうか。ならば答えは一つしかない。

「しばらく静観すべし。下屋敷のヤクシらにも、さように伝えよ」

「はっ」

一林斎はつい武家言葉になり、イダテンもそれにつられた。

イダテンも小頭《こがしら》の小泉忠介も、答えが〝しばらく静観せよ〟であることは分かっていた。分かっているよりも、それしか方途はないのだ。ただそれを江戸潜み組頭《くみがしら》の言葉として上屋敷と下屋敷に潜む仲間たちに伝え、自分たちの立ち位置を明確にしたかったのだ。

「あら先生、ごめんなさい。まだなにも出さずに」

「いやいや、こっちもつい注文するのを忘れていた」

お運びの女が愛想よく声をかけ、すぐに二合徳利と簡単な煮物を盆に載せてきた。

「うーむ」

一林斎はうめき、お猪口《ちょこ》を一気に飲み干した。

外はもうすっかり暗くなっている。名のとおり薬込役のなかでも健脚のイダテンには、夜道も昼間も区別はない。町々の木戸が閉まる夜四ツ（およそ午後十時）前には赤坂に入り、あしたの朝には潜みたちに〝静観〟の下知《げじ》は届くだろう。

霧生院の居間に、まだ灯りは消えていなかった。

「おまえさま。この先はいったい……」

「ともかく、ようすを見るしかない」

心配げに言う冴に、一林斎は応えた。待つのは、竜大夫《たつたゆう》からのつなぎである。

現在《いま》の役務は、

――源六君の周囲を安寧《あんねい》に保つべし
光貞公からの下命であり、城代家老の加納五郎左衛門《かのうごろうざえもん》からも命じられ、拝命した薬込役大番頭・児島《こじま》竜大夫と霧生院一林斎らとの息は合っていた。すでにそのため修羅場もいくたびかくぐり抜けてきた。

もう一つ、光貞公が知らない〝役務〟があった。

――佳奈の安寧《あんねい》を保つ
加納五郎左衛門が秘かに命じ、竜大夫が国おもてで便宜を図り、江戸で一林斎と冴がその役務を遂行しているのだ。

ところが加納五郎左衛門は、〝下賤の血〟を嫌悪する〝敵将〟安宮照子に、一林斎が埋め鍼を打ち込んだすぐあと、照子の死と前後するように式神の手にかかった。

さらにいま、光貞公の隠居である。

新たな藩主が薬込役にいかなる差配をするか。松平頼方こと源六の周辺にも、さらに佳奈の周辺にも変化の起きないはずはない。

源六はいま、十五歳の身で越前《えちぜん》の丹生郡《にうぐん》葛野藩《かずらのはん》の藩主となっているが、和歌山城内で相変わらず不羈奔放《ふきほんぽう》に暮らしている。

佳奈はつい最近まで、夜は一林斎と冴に挟まれ川の字になって寝ていたのが、いまでは一人で寝起きしている。

佳奈の部屋の灯りはとっくに消えている。きょうの遠出で、かなり疲れたようだ。

「おまえさま。向後はいかように……」

淡い行灯《あんどん》の灯りのなかに冴はまた言い、

「佳奈は……」

と、間を置き、

「生まれると同時に、わたくしたちの子になったのです。それが、佳奈と入れ替わるように世を去った、由利どのの願いでもあるのです」

低いながらも断定する口調を部屋に這《は》わせた。

それを受けるように一林斎は襖《ふすま》へ目をやり、

「冴、儂《わし》はなあ、変わらぬぞ。周囲がいかに変わろうと」

腹の底から絞り出すような声だった。

「おまえさま」

「うむ」

薄明かりのなかに、二人はうなずきを交わした。

薬込役として、これほど悲壮な決意はない。場合によっては、新たな下命に背《そむ》くことになるかもしれないのだ。その可能性がまた、きわめて高いのだ。

「先生よう。もう腰が痛うて、痛うて」

「ふむ。冴、鍼の用意を」

「腕の腫れは治《おさ》まったけど、もう仕事に出ていいかね」

「まだじゃ。佳奈、薬湯を」

神田須田町の霧生院には、町の鍼灸療治処としての時間がながれている。待った。

三

七日目だった。

来た。夕刻に近く、庭に長い影を落とした。ハシリだった。児島竜大夫が〃上方《かみがた》の薬種屋の隠居〃を扮《こしら》えて江戸入りするときには、いつもハシリがお付きの手代として随《したが》っている。国おもてと江戸とのつなぎ役に、竜大夫が指名しているのもハシリだ。これも呼び名のとおり、足の達者なことはイダテンといい勝負である。

初夏のこの季節、療治部屋は明かり取りの障子を開けており、部屋から庭も冠木門も見える。

「あらら。また馬のおじさん」

と、最初に庭を見たのは佳奈だった。

去年の夏の終わりごろだった。国家老の加納五郎左衛門が和歌山城下に入り込んだ式神に殺害され、竜大夫の差配で駅馬《えきうま》を駆り最初に霧生院へ知らせたのがハシリだった。その後もときおり〝鍼療治〟で霧生院を訪れたが、そのたびに佳奈は〝馬のおじさん〟と呼んでいた。この日はむろん馬ではない。

（ん？）

一林斎は首をかしげた。町人姿で手甲脚絆に笠を小脇にはさんでいるが、昼夜を駈けようやく江戸に入ったという風情ではない。

「やあ、お嬢。また診《み》てもらいに来たよ」

ハシリは庭から目の合った佳奈に声をかけ、

「急な胃ノ腑の痛みじゃありやせんので、こっちのほうで待たせてもらいまさあ」

と、町内の通いの患者とおなじように、庭から待合部屋に上がった。火急の用なら急患を装い、急いで療治部屋に上がるのだが、そのようすがない。

患者はいま診ている腰痛の婆さんに、待合部屋には夜泣きが激しいという赤子を連れた母親と、足を挫《くじ》いたお店者《たなもの》だけで、夕暮れ近くとあってはハシリがきょう最後の患者になりそうだ。

板戸一枚で仕切られた待合部屋から聞こえてくる。

「おうおう、可愛いお子じゃ。よう寝てござる」

「はい。夜もこうだといいんですけどねえ」

「おや。そちらは足ですかね。元気な人ほどケガをよくしますからねえ。気をつけなされや」

「へえ。まったくそのとおりで」

などと、ハシリの声に急いでいるようすはない。それを一林斎に伝えるため、わざと隣へ聞こえるように、患者たちに話しかけているのだ。これも薬込役同士の、意を伝える作法の一つだ。

一林斎と冴は腰痛の婆さんをはさみ、互いにうなずき合った。

児島竜大夫の考えはやはり、

——暫時、静観せよ
のようだ。

商家の手代がすっきりした表情ながらも、いくらか足をかばうように縁側から庭に下りた。

陽がようやく落ちようとしている。

待合部屋にいるのはハシリだけとなった。

「佳奈、暗くならないうちに台所に火を熾《おこ》し、煮物の鍋をかけておきなさい」

「はーい」

冴が言ったのへ佳奈は返し、

「お大事にー」

〝馬のおじさん〟が大きなケガや痛みでもなさそうなので、板戸越しに声をかけただけで、毎日の日課の台所に入った。

冴が待合部屋に声をかけ、ハシリを療治部屋に呼んだのは、さらに縁側の障子を閉めてからだった。

「大番頭より」

と、手甲脚絆をはずしていたが町人姿のまま、武士のように片膝を立て右手を畳につき、報告の姿勢をとった。部屋には一林斎と冴しかいない。

「うむ」

一林斎はうなずき、冴が手で〝楽に〟と手で示したのへハシリは、

「しからば、御免」

と、足を崩し胡坐《あぐら》居になった。若手の薬込役からは、冴は大番頭の娘であり、一林斎は竜大夫が最も信を置く組頭なのだ。

ハシリは奥のほうへ確認するように視線をながし、話しはじめた。

ハシリも佳奈の出自《しゅつじ》を、おぼろげながらに知っている。だから留左とは違った意味で、佳奈を〝お嬢〟と称《よ》んでいるのだ。

だが薬込役のあいだでは、それを口にしてはならないことが、暗黙の了解となっている。

和歌山を発つとき、ちょうど江戸へ向から領内の廻船問屋の船があったので、それに便乗したという。どうりで昼夜を走りぬいたようすには見えなかったはずだ。

果たして大番頭の下知は〝暫時静観〟だった。

しかし、薬込役を統括する児島竜大夫の〝静観〟は範囲が広く、一林斎や冴が案じていたことよりもさらに深刻なものであった。

「——第三代藩主に就かれるご嫡子の綱教《つなのり》さまに、われら薬込役が差配を受けるには難点がある。先代の光貞公に対しても、われら内々の密事《みそかごと》があったごとく、引き続きそれを綱教さまにも秘さねばならぬ」

竜大夫は言ったという。そこまで口頭で話したとは、ハシリも竜大夫から相応に信頼されていることになる。

光貞は〝源六を護《まも》れ〟と命じても、佳奈の存在は知らないのだ。竜大夫と加納五郎左衛門は、佳奈が生まれる現場に立ち会った一林斎と冴に因果を含み、愛妾の由利さまは〝敵の攻撃のなか、死産にて絶命〟と光貞に報告した。それは生まれた佳奈の命を護る、苦肉の策だった。だから光貞は、その二年前に由利から生まれた源六を〝生涯最後の子〟として目をかけていたのだ。

その〝密事〟を、ハシリは敢えて一林斎と冴に確かめようとはしない。訊いてならぬことは、訊いてはならぬ。それもまた、薬込役の不文律の一つであった。

ハシリはさらに言った。

「新藩主の名義をもって、綱教さまは頼方《よりかた》さまに、江戸下向《げこう》に及ばず、と通知されました由《よし》」

「うっ」

一林斎は息を呑んだ。冴も同様である。ハシリのいう〝頼方さま〟とはむろん、かつての源六である。一林斎と冴にとって、名が松平頼方となり三万石の大名になろうと、幼少時に〝自分たちの子〟である佳奈と、わらわ頭で城下を駈けめぐっていた源六は、あくまで源六なのだ。

息を呑み、しばし一林斎も冴も声が出なかった。

その沈黙のなかに、新藩主・綱教の声が聞こえてきた。

『ふふふ。〃出自の賤《いや》しき者〃から、余は祝辞など受けぬぞ』

綱教は今年三十四歳になる。大人げない。源六とはまったく異なり、上屋敷の奥御殿育ちでは、それもあり得ることか。これこそ、安宮照子の影響であろうか。

しかも、正室が綱吉《つなよし》将軍の姫君・鶴姫《つるひめ》とあっては、夫妻そろって外の空気も声も知らず、なおさらのことであろう。

（綱教さまは果たして、照子さまの怨念を引き継がれたか）

思えてくる。

「組頭、冴さま」

放心したような一林斎と冴に、ハシリは怪訝な表情で声をかけた。

「おう。外はもう陽が落ちたなあ」

と、一林斎は我に返った。

ハシリが竜大夫から言付かった話はそこまでだった。

「で、おぬし。今宵は？」

「はい。前とおなじく、イダテンの長屋へ。それに和歌山へ帰る時期については、江戸潜みの組頭の差配に従え、と大番頭が」

「ふむ。江戸おもてのようすを、詳しく見て報告せよということだな。しばらくは静観……長引くぞ」

「はい。大番頭もそう言っておいででした」

と、ハシリは腰を上げた。

今宵、赤坂の長屋ではまた、ハシリの突然の来訪にイダテンは驚くことだろう。

冠木門まで冴が見送り、

「大番頭は息災ですか」

「はい。それはもう」

ハシリは恐縮するように応えた。それもまた、冴がさっきから訊きたかったことの一つである。

その夜も、佳奈が隣の部屋で寝入ってから、しばし居間の行灯の灯りは消えなかった。

「ならばおまえさま、源六君の身辺から……」

「危機はまだ去らぬ」

「佳奈も……」

「さよう。われらの役務は……変わらぬ。脅威はさらに、強大するかも知れぬぞ」

「はい」

隣の部屋から、佳奈の寝息が聞こえてきた。

「ふにゅにゅ……トトさま、カカさま」

寝返りを打ち、寝言を言ったようだ。

淡い灯りのなかに、一林斎と冴はうなずきを交わした。

四

ようやく江戸潜みの組頭と、藩邸内に入っている小頭《こがしら》が膝を交えたのは、光貞の隠居からおよそ一月《ひとつき》を経ていた。すでに夏の盛りの皐月《さつき》（五月）となっている。霧生院一林斎と、光貞の腰物奉行であった小泉忠介である。

必要に応じて江戸潜みが〝頼母子講《たのもしこう》〟と称しときおり会合を持つ、日本橋北詰を枝道に入った小振りな割烹《かっぽう》だ。一林斎と小泉忠介にハシリを加えた三人だったが、

「おや。きょうは打ち合わせですか」

「ま、そういうところだ」

女将《おかみ》が言ったのへ一林斎は応えていた。

三人でも儒者髷《じゅしゃまげ》で薬籠《やくろう》を小脇にかかえた医者に二本差しの武士、それに町人姿とあっては、店の者が頼母子講の打ち合わせと見るのも無理はない。どこの頼母子講でも武士からお店者《たなもの》に職人と、その集まりに身分の別はないのだ。

だが潜みであれば、三人であっても集まるのは容易ではない。一林斎は苦無を腰に神田須田町から柳原土手《やなぎわらどて》を経て両国広小路《こうじ》にまわり、そこから繁華な往還を日本橋に向かう。小泉忠介は印判職人を扮《つく》えたイダテンがすこし離れて周囲に目を配り、町人姿のハシリは日本橋見物の風であちらの脇道こちらの路地と抜け、それから目標の割烹の暖簾をくぐる。いずれも尾《つ》けている者や、動きを見張っている不審な者がいないか、注意を払っているのだ。

ご簾中さまの安宮照子が生きていたときなら、その意を受けた京の陰陽師《おんみようじ》・土御門《つちみかど》家の放った式神たちの跋扈《ばっこ》に細心の注意が必要だったが、

（ようやく羽根が伸ばせるなあ）

と、思ったのは束の間となった。

新たな〝敵〟に備えなければならない事態に、いま入ろうとしているのだ。すでに〝敵〟は動いているかもしれない。

午《ひる》の時分どきである。割烹のいつもの一番奥の部屋で、

「儂《わし》のほうには気になる目はなかったが、そなたらは」

「大丈夫でござった」

「あっしも。ですがさすがはお江戸で、いつ来ても人が多うござんすねえ」

と、それぞれの周辺の確認から入り、

「どうも、やりにくくなりました」

と、小泉忠介から切り出した。この日の談合は、小泉から一林斎とハシリが藩邸内のようすを聞くため、一林斎が招集したのだ。

「そうなると思うてはおったが、いかように」

一林斎は返し、小泉に先をうながした。

隠居した光貞は、千駄《せんだ》ケ谷《や》の下屋敷に移り、悠々自適の日々を送っている。

光貞の腰物奉行であった小泉忠介も一緒に移り、

「ご隠居の腰物奉行はそのままに、下屋敷と上屋敷との連絡役も仰《おお》せつかり、その点では上屋敷の動きからまったく隔絶されたわけではなく、まずはご安堵を」

「ふむ。ヤクシや氷室章助らもおることだしのう」

一林斎は一安堵といった表情で応えた。

ヤクシは中間の身分ながら、藩の極秘事項として綱吉の〝生類憐《しょうるいあわれ》みの令〟に対抗する憐《あわれ》み粉《こ》を下屋敷で調合する役付の重要な立場にあり、その憐み粉を上屋敷に運ぶ任も負い、薬込役としては実に重宝な位置に立っている。

氷室章助も藩邸では中間であり、中奥と奥御殿の連絡係として憐み粉の受け渡しもしており、これも薬込役として藩邸内の動きをつかみやすい位置にある。

そうした配置をしたのは、腰物奉行として常に光貞のお側近くにいた小泉忠介だった。その小泉は光貞について下屋敷に移ったものの、ヤクシと氷室章助の配置はそのままとなったのはさいわいだった。なにしろ二人は藩の外に洩れてはならない、憐み粉に関わる役務についており、藩主が代わったからといっておいそれと他の者と交代させられる役務ではないのだ。

そのほかにも、上屋敷のある赤坂の町場にはイダテンが印判師の触れ込みで塒《ねぐら》を置いているように、下屋敷のある千駄ケ谷の小さな町場にも、霧生院へのつなぎ役としてロクジュが、よろず商《あきな》いの際物師《きわものし》を扮《こしら》え根を下ろしている。

「それで、組頭」

と、小泉忠介は上体を前にかたむけ、声を落とした。

三人は上下の別なく、三《み》つ鼎《がなえ》に胡坐《あぐら》を組んでいる。これもまた、薬込役たちが鳩《きゅう》首《しゅ》するときの作法なのだ。そのほうが、互いに意思の疎通がしやすい。だが、歴とした身なりの武士が町医者や町人姿に身をこめているのだから、知らぬ者からは奇異に見えるだろう。もちろん廊下から仲居が入ってくる気配があれば、武士姿はさっと胸を張り、奇異には映らないように気をつかっている。

「藩邸内ではすべての引き継ぎは終わり、光貞公は国おもてに薬込役なる組織があり役務も藩主直属であることを綱教さまへお話しになりましたが、私がその一人であることは明かしておいでではありませぬ」

「うーむ。なるほど」

一林斎はうなずき、

「つまり、源六君をお護りまいらせる役務は綱教さまにも伏せ、従来どおり御《おん》みずからご差配なされる……と」

「いかにも」

「おぉ」

声を上げたのは、ハシリだった。そうでなければ、これまでの役務は継続できなくなり、江戸に築いた現在の態勢は存在意義を失うことになる。そこに光貞は、隠居しても源六を護る意志を明確にしたのだ。

「――慥《しか》とその旨《むね》、江戸潜みの者どもに徹底せよ」

光貞は小泉忠介に下知した。といっても、江戸潜みの陣容を、光貞がすべて掌握しているわけではない。知っているのは、藩主とのつなぎ役が小泉忠介であり、〝鉄壁の態勢〟が敷かれていると聞かされていることくらいだ。藩主直属とはいえ、藩主にはそれで充分なのだ。

「はーっ」

一林斎とハシリは光貞の言葉に胡坐のまま畳へ手をつき、拝命のかたちを取った。

顔を上げたとき、表情には安堵より苦悩の色が刷《は》かれていた。

光貞の下知は、確かに一林斎をはじめ江戸潜みの全員だけでなく、国おもての竜大夫も望むものであった。ハシリはそのながれを確認するために、江戸おもてに遣《つか》わされているのだ。

しかしそれは、

（薬込役が、二つに割れるかも知れぬ）

綱教の源六への感情が見えたときより、重苦しく芽生えた懸念を現実へと押し上げるものであった。

「分かった」

一林斎は明瞭な口調で応え、

「われら江戸潜みは、光貞公よりの下知を仰《あお》ぎ、これより綱教公に対しては、われらの存在は秘とする」

「はーっ」

こんどは小泉忠介とハシリが拝命のかたちを取った。

一林斎は冴に約束した〝われらの役務は……変わらぬ〟ことを、江戸潜みの向後の鉄則としたのだ。

(大丈夫)

一林斎は確信している。舅《しゅうと》である児島竜大夫も、

(おなじ考え)

であることに対してだ。

その場で下知した。

「ハシリは小泉と図り、他の潜みの者らへ儂《わし》の下知を徹底したのち、ただちに国おもてに出立《しゅったつ》し、大番頭に江戸のこのようすをお伝えするのだ」

「はっ」

小泉とハシリは同時に返した。

陽はまだ中天を過ぎたばかりであり、きょう中にイダテンはむろん上屋敷の氷室章助、下屋敷のヤクシに町場のロクジュたちに伝わり、ハシリが江戸を発つのはあしたの早朝となろうか。

ここに江戸潜みの一同は、新藩主の綱教にその存在を秘匿することに決した。藩邸の家士らにも奥御殿にも、従来どおり潜みの組織が江戸に存在することを覚《さと》られてはならない。さいわいなことに、大坂、京をはじめ各地に配置された潜みを把握しているのは竜大夫一人であり、城下の組屋敷に住む薬込役たちも、誰がどこの潜みに出て如何《いか》なる役務に就いているかを知らない。また、知ってはならないことでもある。

同時にそれは、江戸潜みの者にとって、

（紀州藩そのものが〝敵〟）

となるかも知れないことを示唆《しさ》していた。

五

暫時静観……平穏……と、いえようか。霧生院には町の療治処としての、いつもの慌ただしい日々がながれている。

「留よ。おめえ小博打《こばくち》などやめて、ここの下男になったらどうだい」

「そう。それがいいよ」

「てやんでえ。この辺の胴元はよう、俺がいるから阿漕《あこぎ》な真似ができねえってこと、知らねえのかい」

ふらりと来て庭の薬草畑の草取りをはじめた留左が、待合部屋にいた肩を傷《いた》めた大工と腰痛の婆《ばあ》さんに言われたのへ言い返している。これもまた、よく見かける霧生院の光景だ。下高井戸でトリカブトや姫百合を採取して以来、留左の薬草畑を手入れする手つきが丁寧《ていねい》になり、それに薬草の種類や効能も冴や佳奈によく訊くようになっていた。

夏の盛りになり、療治部屋も待合部屋も縁側の障子を開け放し、療治部屋は衝立《ついたて》で縁側から仕切っている。

待合部屋からの声が聞こえてくる。町内の婆さんと大工だ。

「兄《にい》ちゃん。つぎ診てもらいなされ」

「いいのかい。婆さんのほうが先だぜ」

「なあに。あたしゃ家にいても、居場所がないからさあ」

一林斎は、足のむくみがひどいという隠居の鍼療治を終えたところだった。冴が鍼の手入れをし、佳奈は薬湯の用意をしている。

一林斎の脳裡をふとかすめた。

（久女《ひさめ》どのはいま……）

藩邸の奥御殿の上臈《じょうろう》で、安宮照子の分身だった。だが一林斎に対してはその素性を知らず〝町場の名医〟と認識しており、照子に埋め鍼を打てたのは、この久女の知遇を得ていたからにほかならない。

もとより一林斎は久女に対し、照子の亡くなったいまは敵意などなく、

（上屋敷の奥御殿に、居場所はあろうか）

むしろ、そのほうを案じている。

奥御殿はいま、将軍家より入った鶴姫がご簾中《れんちゅう》さまになっているのだ。周囲を固める若い侍女たちも、すべて将軍家より来ている。京の宮家から照子について来た、すでに年老いた久女が隅に追いやられていることは容易に想像がつく。

ふと思ったのが虫の知らせだったか。陽が西の空にかたむき、この日最後の患者が帰り、佳奈の鍼の修練を始めようとしていたときだった。

「こちらさま、霧生院とお見受け致しまする」

と、玄関に訪《おとな》いの声が入り、佳奈が応対に出た。

すぐ療治部屋に戻ってきた。

「お中間さんです。患者さんではなく、トトさまへ。赤坂御門外のお屋敷からとか」

「えっ」

一林斎は驚き、冴も一瞬、鍼を熱湯消毒しようとしていた手をとめた。

赤坂御門外の屋敷といえば、紀州徳川家の上屋敷ではないか。そこから紺看板《こんかんばん》に梵《ぼん》天帯《てんおび》の中間……。

（まさか氷室章助では）

一林斎と冴の脳裡へ同時に走ったのだ。

和歌山城下の時代、源六が加納五郎左衛門の屋敷から一林斎の薬種屋へ遊びに来るとき、常に護衛についていたのが薬込役で加納家に中間として入っていた氷室章助だった。当然、佳奈とも幾度か顔を合わせている。だから氷室章助が霧生院を訪れるときにはまず向かいの大盛屋に入り、そこから店の者を遣《つか》いに一林斎を呼び、佳奈と顔を合わせるのを巧みに避けた。氷室の顔を佳奈が見れば、

『わっ！　源六の兄《あに》さんもいまお江戸に!?』

訊かずにはおかないだろう。

その危険も冒《おか》すほどの緊急事が、上屋敷に出来《しゅったい》したのか。それとも和歌山城下を

出てからすでに七年、佳奈が氷室の顔を忘れていたか……。
ともかく一林斎は急ぎ、玄関にすり足をつくった。
ほっとした。
氷室ではなかった。
見知らぬ中間だった。玄関に立ったまま、
「上臈の久女さまよりの遣いで参りました。即刻のご返事を賜《たまわ》りたく」
と、書状を差し出す。
冴も廊下の陰から中間を見て、ほっと胸を撫で下ろした。
その場で開いた。確かに久女の見事な筆跡だった。
――明日午前、増上寺《ぞうじょうじ》に参詣いたすゆえ、鍼療治を
と、認《したた》めている。
参詣の名目はいくらでもつけられる。
(気晴らしか)
一林斎は解し、中間を待たせ諾意《だくい》の返書を認めた。
冠木門を出る中間の背に、
(以前なら腰元が来たものだが、いまではその手足もなくなったか)

思えてくる。

冴が玄関に出てきた。

「うふふ。まるでわたくしたち、富士川の戦いで水鳥の羽音に驚く平氏の人たちのようでしたねえ」

「ふふふ」

と、これには一林斎も苦笑せざるを得なかった。

〝赤坂御門外からの中間〟を佳奈が応対しただけで、ハッとするなど、神経の昂《たか》ぶり以外の何物でもない。

一林斎は落ち着いた口調で言った。

「あした、奥御殿のようすが垣間《かいま》見《み》れるぞ」

「はい。久女さまも充分に診てお上げなされ、ご老体ゆえ」

「トトさま、カカさま。早う」

療治部屋から佳奈の声が飛んで来た。佳奈もすでに手足なら他人《ひと》に鍼が打て、医術だけでなく漢籍の書物も一通り読めるほどになっている。

日の出より小半刻（およそ三十分）ほど経ていようか。

「トトさま。これを」

冠木門まで見送った佳奈が一林斎に手渡したのは、油紙に包んだ憐み粉だった。町場に出るときの、必需品になっている。

「まったく、こんなものを持たねばならないとはのう」

「おまえさま」

一林斎がご政道批判を口にしたのを、冴は横合いから軽く諫《いさ》めた。憐み粉とは和歌山時代に一林斎が考案し、名をつけたものだ。綱吉将軍の〝生類憐みの令〟を巧みにかわす〝武器〟になっている。

増上寺に久女を訪ねるのは昼の四ツ半（およそ午前十一時）ということになっているが、早めに霧生院を出たのは、やはり動きを窺《うかが》う者がいないか、いくらか脇道にそれ周囲に目を配るためだった。

いなかった。

そろそろ神田の大通りに出ようとしたのは、日本橋の騒音がすぐ近くに聞こえはじめた脇道だった。

（おう。難渋しておるな）

と、さっそく憐み粉が役に立ちそうな場面に出会った。

おもて通りはすでに大八車や荷馬も出て一日が始まっている。裏通りでは朝の早い納豆売りや豆腐屋たちが商いを終え、塒《ねぐら》に帰るころだ。

長屋の路地の出入り口付近に人だかりができはじめている。

「いかん！　莚《むしろ》と水だっ」

「早うっ、早う！」

近くの家からも男や女が出てきて、野次馬というより住人たちでちょっとした騒ぎになりかけている。

天秤棒《てんびんぼう》を担いだ魚屋が、長屋の路地を出たところで、

「――くそーっ、まずい」

と、立ち往生してしまったのだ。

路地の奥ではすでに長屋の住人たちが莚と水桶を手に出てきて、

「あんた、天秤棒を振りまわすんじゃないよ」

「わ、分かってまさあ。だけど、うむむっ」

売れ残った魚が一尾か二尾、まだ盥《たらい》に入っているのだろう。野良《のら》犬が二匹、魚屋に向かって頭を低くし、飛びかかる態勢を取っているのだ。江戸市中には見慣れた光景で、難儀ではあるが対策も心得ている。莚で包み込み、水をかけて追い払おうとい

うのだ。飛びかかられ咬《か》まれても棒で打ち据えたり蹴ったりすれば、入牢《じゅろう》のうえ百敲《たた》きか、殺しでもすれば遠島である。そのような〝罪人〟を出すまいと、どこの町でも住人たちが文字どおり命がけで助け合っている。その助け合いが、誰も口には出さないが、〝生類、並《な》べて憐れむべし〟などと独《ひと》り悦《えつ》に入《い》っている綱吉将軍への、強烈な非難となっているのだ。

商舗の立ち並ぶ大通りなどでは、どの家でも雨の日の足洗の盥のように、水桶と莚を戸口の陰にそっと忍ばせている。

「どれどれ。皆の衆、逸《はや》ったらいけませんぞ」

一林斎は莚や水桶を手に集まりかけた住人たちをかき分け、前に出た。

「おっ、お医者さまだ」

「ひょっとしたら、須田町の霧生院の先生？」

忍ぶように低く、期待の声が聞こえる。

「先生！　あの犬、大丈夫でしょうか」

近寄り、耳元にそっと言う者もいる。一林斎の注意と啓蒙が、須田町ばかりでなく神田の大通り一円にも浸透してきているようだ。従者も随えない徒歩《かち》で、儒者髷の頭に日除けの塗笠をかぶり、軽衫《かるさん》に筒袖《つつそで》のいで立ちで小脇に薬籠《やくろう》を抱え、腰に苦無を提げておれば、須田町の先生……と、一目で分かるようだ。

「ふむ」

うなずき、一林斎は安堵した。極度に狂暴そうでもなく、よだれを異常に垂らしてもおらず、病犬《やまいぬ》ではなさそうだ。

もし病犬なら、咬まれたなら治療の術《すべ》はなく、死に至る。病犬は狂暴で他の犬にも飛びかかり、咬まれた犬も病犬となり、放置していたなら数は際限なく増える。見つけしだい、殺してからも他の犬が喰わないように地中深く埋めるか、焼却する以外に防ぐ方途はない。

町内極秘でそれをするのは至難の業《わざ》だ。

住人がそっと声をかけてきたのは、それらを念頭に走らせたからであろう。

「大丈夫。さあ、これ以上前へ出ぬように」

一林斎は言い、さりげなく二匹の犬に近づいた。

そのようすに、周囲には安堵の空気がただよった。

「おぉっ」

声が上がった。

犬が二匹ともくんくんと鼻を鳴らして地面を嗅ぎまわり、ついでクシュンクシュン

とくしゃみをはじめ、それが止まらず、水桶や莚を持って集まった住人たちからは笑いが洩れ、

「さ、いまのうちに」

「へい」

震え上がっていた魚屋は犬の横をかすめて走り去り、一林斎もその場をさりげなく抜け、日本橋の大通りに向かった。

「須田町の一林斎先生とお見受けいたしまする」

追いかけてきて声をかけたのは、お店《たな》のあるじ風の男だった。立ちどまった一林斎に辞を低くし、声も低く、

「ほんとうに、ほんとうに助かりました。私、この町の町役《ちょうやく》でございます」

「ふむ」

一林斎は自分が〃一林斎先生〃と呼ばれたことを肯定も否定もせず、軽く一礼してきびすを返し、大通りに向かった。

町役はそのうしろ姿にもう一度頭を下げ、素早くもと来た道を返した。ご時世柄、名をしつこく訊いたり大げさな礼で目立ったりすれば、かえって相手の迷惑になることを、町役は心得ているのだ。

日本橋を南詰に渡ったときだった。それも広場の高札場の近くだ。さらし者があったときなど、そこがさらし場になって高札場の脇に監視役人や人足たちの小屋が組まれる。

「感心しませんなあ。他の町でもとは」

「うっ」

不意に耳元でささやかれ驚いて見返ると、腰切半纏の職人姿……北町奉行所の隠密廻り同心杉岡兵庫《すぎおかひょうご》だった。職人姿でも、三尺帯のふところには朱房の十手《じって》を忍ばせていることだろう。

「なんだ、杉岡どのか。見ていたのか」

「へへへ、先生。もうしわけありやせん。あっしらもたまたま居合わせたものでやすから、へい」

杉岡兵庫の背後から着ながしの遊び人風で、ぴょこりと頭を下げたのは、神田界隈を縄張にする岡っ引で足曳《あしび》きの藤次《とうじ》だった。

「先を急ぐ。まつわりつくな」

一度とめた足を、一林斎はふたたび踏み出した。

藤次が〝たまたま〟と言ったのは嘘ではないだろう。

杉岡は職人姿で藤次をともない、早朝から町を微行《びこう》していて、脇道の騒ぎに出会った。そこに一林斎の姿を見出したのだ。

さきほど道に出ていた住人たちの目は、いずれも野良犬に向けられていた。一林斎がすかさず憐み粉を撒いたのには気づかなかっただろう。また、気づかれるような撒き方ではない。住人らはその存在を知らなくとも、

「――須田町の先生がお出ましになれば、どんな狂暴なお犬さまでも、猫のようにおとなしくなるそうな」

須田町のほうから伝わってきた噂を耳にしている。

須田町ではさらに、一林斎が不思議な粉を使うことは、

――町内の秘密

として、町役から長屋の住人、子供たちにまで徹底している。

だが、さすがに杉岡と藤次は見逃さなかった。

杉岡は一林斎と横ならびになり、そのうしろに藤次がつき、おなじように歩調を合わせ、

「つい、見てしまいやしたもので」

「そうか。それがおぬしらの役務ゆえなあ」

歩を進めながら、一林斎は前を向いたまま皮肉っぽく返した。

三人の足はすでに広場を抜け、街道に入っている。

向かいから急ぎの荷か、大八車が音を立て走って来た。

「おっとっとい」

藤次の声に、一林斎と杉岡は脇に避けた。あとには土ぼこりが舞っている。

「そうじゃないのですよ、一林斎どの」

「なにがだ」

「須田町なら大っぴらにあの粉を撒いても、密告《さ》す者などいねえでしょう。ですが、他の町となりゃあ話は別です。先生が現場で挙げられたなら、もうかばい切れませんからねえ。そこに留意なされてと申し上げたく」

「ならば、儂のほうから礼を言うべきかな」

「いえ、滅相もありません」

歩きながら、職人姿の杉岡は顔の前で手の平を振り、

「これからどちらへ？」

隠密廻りらしく、前を向いたまま訊いた。

杉岡兵庫は、一林斎が薬籠を小脇に紀州家の女乗物につき添ったり、播州赤穂《あこう》藩の

浅野内匠頭《あさのたくみのかみ》を緊急に霧生院で療治したり、

（ただの町場の鍼医《はりい》ではない）

と、町奉行所の隠密廻り同心の目で見抜くと同時に、役人でありながら、

（町の住人を〝お犬さま〟から救ってござる）

と、足曳きの藤次とおなじ、畏敬《いけい》の念をもって見ている。藤次は癖のようになっていた足の強度のこむら返りを、鍼療治でやわらげてもらったことに感謝している。

それらのことから杉岡と藤次が一林斎に声をかけたのは、親切心からであることは間違いない。

「どこへ？　詮索はご無用。増上寺でしてのう」

薬籠をぽんと叩いた一林斎へ、

「ほう、増上寺にも。いや、感服いたしまする。では、お気をつけて」

「先生。須田町を離れなすったときには、くれぐれも気をつけてくだせえよう」

足をとめ見送るように言った杉岡兵庫に、藤次もつないだ。

一林斎はふり向かず、手を上げ二人に応じた。

（おまえさんがた、ありがたいぞ）

冷たくあしらったが、胸中には思っている。おもてに表さないのは、むしろ二人の

ためだった。一林斎が礼を述べれば、明らかに二人とも、ご政道に逆らったことへ加担したことになってしまう。そのことに、杉岡兵庫も足曳きの藤次も気づいている。二人とも勘はいいのだ。

冴も言ったことがある。

「――この療治処、杉岡さんと藤次さんに護られているようなものですねえ」

実際にそうだった。須田町を縄張にしている岡っ引が藤次ではなく、さらに藤次を使嗾《しそう》している同心が杉岡でなかったなら、〝生類憐みの令〟に抗した廉《かど》で霧生院へ捕方《とりかた》が踏み込んでいるかもしれないのだ。

そこで奉行所が憐み粉を押さえたなら、さらに紀州徳川家の江戸藩邸も同様のものを使っていることに気づいたなら、事態は柳営《りゅうえい》を揺るがす大事件に発展しかねない。もちろん杉岡も藤次も、勘がよくてもそこまでは気づいていない。

冴の言葉に、

「――そうよなあ」

一林斎は真剣な表情でうなずいたものだった。

街道を踏む一歩ごとに陽は高くなり、人出も増えてくる。

掘割《ほりわり》に架かる京橋、ついで新橋を越えれば、増上寺はすぐだ。その手前の神明宮にお参りしようかと思っていたが、思わぬところで時間をとってしまい、その余裕がなくなった。

足を速めた。

参詣人にまじって増上寺の大門《だいもん》をくぐったのは、そろそろ約束の四ツ半に近い時分となっていた。間に合ったようだ。

六

庫裡《くり》の玄関口に訪《おとな》いを入れると、話が通じているのか寺男が、

「神田の霧生院さまでございますね」

と鄭重《ていちょう》に迎え、ついで藩邸からついて来たか矢羽根模様の着物の腰元が出てきて板の間に三つ指をつき、

「お待ちでございます。さあ、上へ」

一林斎をゆっくりと奥へいざなった。

（ふーむ）

なにやら納得する思いになった。

庫裡とはいえ寺には似つかわしくない、濃い化粧のにおいがする。以前なら女乗物の周囲も屋内で立ち動く腰元たちも、いずれ若く機敏だった。それもそのはずで、京の土御門家より遣わされた女式神たちまで奥御殿にいて、外出時には駕籠につき随っていたのだ。

だが、いま一林斎を案内する腰元は、矢羽根模様が滑稽《こっけい》なほど年行《としゅ》きを重ねた、というよりも、老いた久女の侍女にふさわしい女性《にょしょう》だった。

（濃い化粧は老いへの抗《あらが》いか）

皮肉な感覚が、ふと一林斎の脳裡をかすめる。

奥の客ノ間に通され、その思いがさらに強まった。

「お越しでございます」

と、腰元が畳に膝をつき襖を開けたとき、部屋に化粧の香の充満しているのが感じられた。上座に地味な小袖の久女が腰をひねるように座し、その左右にも端座はしているが似たような老女が控え、茶を飲みながら雑談をしていたようだ。二人とも久女の侍女のようだ。

これまで久女の外出時に一林斎は幾度か会っているが、お付きのなかにそれら地味な小袖の女衆は見かけなかった。普段は外には出ないのだろう。だがいまは出て来て

いる。若い腰元衆はいずれも新たなご簾中さまである鶴姫についているのだろう。ならば久女どのの周辺は、

（奥御殿の姥捨《うばす》て山）

つい思いがそこまで進んでしまう。

が、久女もお付きの侍女二人も上機嫌だった。

「おぉ、おぉ、一林斎どの。よう来ておじゃった」

「こちらが上臈さまのいつも言っておいでの、鍼医《はりい》のお人でおじゃりますか」

「なるほど、いかにも医家のお人といった風貌でおじゃりますなあ」

三人は笑顔で一林斎を迎え、さきほどの腰元が新たにお茶を持ち、

「年を経《ふ》れば、誰しも気血の流れがとどこおり、あるいは乱れましてな……」

と、老女たちに問われるまましばし医療談義となった。

久女はますます膝を崩し、他の二人も足を投げ出した。

「それでいいのです。そうでなければ気が停滞し、血瘀《けつお》の状態となり、あちこちが痛みまする。のちほど私が経絡《けいらく》の経穴《つぼ》に鍼を打ち、気血の流れをよくして差し上げましょう」

「おう、おう。ほんにわれらをよう分かっておいででおじゃるなあ」

と、一林斎が遠慮なく足を崩せる相手であることに、侍女の一人が気を許したように言えば、もう一人もしきりにうなずいていた。

侍女たちも京詞《きょうことば》だ。なるほどこれでは、江戸城より鶴姫についてきた武家の侍女衆から隅に追いやられるはずだ。

三人ともあちらが痛むこちらが痛いと言いながらも機嫌がいいのは、奥御殿を出て外気を精一杯に吸っているためだろう。安宮照子の存命中には、奥御殿は上臈の久女を頂点に京風の天下だったのだろう。それを思えば一林斎には役務のためだったとはいえ、この侍女らへなにやら申しわけなさが込み上げてくる。

やがて、

「それでは、われらはのちほどに」

と、侍女二人は次の間に下がった。

久女への鍼療治が始まった。

話も進んだ。

久女たちは奥御殿で、まったく疎外されているわけでもないようだった。

「ご三代の綱教《つなのり》さまは義理堅いお方でおじゃってのう。わらわを上臈のまま奥に置いていてくださるのは、亡き照子さまへの遠慮からでおじゃりましょうなあ」

久女は言う。

綱教さまはいかようなお方……と訊くのは控え、一林斎は聞き役に徹した。

久女はさらにつづけた。

「そなたを藩邸の侍医にと思うておったのじゃが、いまとなってはその術《すべ》もおじゃらぬ。これからもせめてきょうのごとく、外に出たときのわれらの侍医と心得ていてくだされ。おぉ、そなたの鍼……うーむ……よう効きまするぅ」

久女は一刺しごとに身が軽くなるのを実感している。

かつては源六をこの世から抹殺しようとしていた安宮照子の分身として、恐ろしい〝敵〟であった。しかし当人がそこに気づいておらぬ限り、一林斎にとってはおのれの施術を誰よりも認める、老いた患者である。

一林斎は言った。

「いつでも寺社ご参詣のおりには、ご用命くださりませ」

紛れもない、本心からである。

「おぉ、そうじゃ」

久女はうつ伏せたまま、首だけ一林斎のほうに見返った。

「綱教さまは高貴なお方にて、体軀のほどは……、そう、外出《そとで》のおりの侍医に、推挙するも一考かのう」

「うっ」

「いかがなされた」

「い、いえ。あまりにもありがたきお言葉ゆえ」

うまく切り抜けたが、一林斎の心ノ臓は高鳴っている。江戸潜みの鋭利な思いが一瞬頭をもたげたのだ。

安宮照子への埋め鍼は、久女の推挙があったればこそ機会が得られたのだ。

(向後も、久女どのの存在がますます……)

薬込役としての発想である。

(久女どの……申しわけござらぬ)

胸中に念じながら、

「一介の町医者にさようなこと、身に余る光栄にござりまする」

「おうおう、なにが一介の町医者ぞ。そなたにはすでに幾度《いくたび》か照子さまの血瘀を癒《いや》してもろうたではないか。もう立派な侍医におじゃるぞ」

「恐縮にて……」

一林斎は鍼をつづけた。

のちほど二人の老侍女も、

「おぉう。これは、これは」

と、気血のめぐりがよくなり、身の軽くなったことに大満足であった。

終えたとき、陽はすでに西の空にかなりかたむいていた。

大門の下で寺僧らと女乗物の一行を見送り、一人薬籠を小脇に来た街道を返した。

街道はきょう一日の仕事を終えようとする大八車や荷馬やお店者たちで、慌ただしさを増す時分となっている。

（陽のあるうちに神田へ）

一林斎も急いだ。土ぼこりの立つなかに汗も出てくる。

その一歩一歩に疲れはない。

（成果が）

あったように思えてくるのだ。一林斎の変わらぬ役務は、あくまで源六を護り、さらに佳奈を護り育てることである。そのためには、如何なることも辞さない。

いま目に見える具体的な危険はない。だが、

（三代藩主綱教公にも、埋め鍼を……）

その必要性のないのが、最も好ましい状態であるのは、一林斎は百も承知してい

る。しかし、綱教が明確に〝新たな敵〟となった場合……その可能性は、

（大きい）

すでに兆候は見えている。

そのときの対応策が、慥《しか》と脳裡に見えてきたのだ。

（動くべきものは、動いている）

思うとふたたび、久女から綱教の療治を示唆《しさ》されたときのように、心ノ臓が高鳴ってくるのだ。

手拭で額の汗をぬぐった。

夏場で暑いのには閉口するが、日足の長いのはありがたい。

神田の大通りも慌ただしくなっているなかに、ようやく須田町の地を踏んだ。冬場なら、用した時間から周囲にはとっくに提灯《ちょうちん》の灯りがまばらに揺れるばかりとなっていよう。まだ地面に引く影は長い。

冠木門をくぐったとき、ようやく陽が落ちた。これからまだしばらく、暮れなずむ時間がながれる。

笠をとり玄関の敷居を一歩またいだときだった。きょう一日で、一林斎の最もほっとする瞬間でもある。

ところが、

「うっ」

一歩入ったばかりの敷居を、また一歩飛び下がり、腰の苦無に手をかけ、中のようすを窺《うかが》った。一林斎の顔前五寸（およそ十五糎《センチ》）ばかりを手裏剣がかすめ、背後の柱に音を立て刺さったのだ。

廊下の陰から、

「トトさま。お帰りなさいませ」

佳奈がぴょんと飛び出て来てぴょこりと両膝を板の間についた。手にもう一本手裏剣を持っていた。

一林斎は察した。

「佳奈！　おまえはっ」

怒りの声を浴びせた。

きょう患者が少なく、裏庭で冴から存分に手裏剣の手ほどきを受けた。その成果を一林斎に見せるとともに驚かせ、

（褒めてもらいたかった）

ようだ。

だが、そうはならなかった。怒りの声が飛んでくるなり鋭い目で睨《にら》まれた。

冴が驚いて濡れた手のまま台所から走り出てきた。

その冴にも一林斎は、

「そなたはいったい、佳奈へどのように教えているのだっ」

「おまえさま」

冴は一林斎の怒りを察した。

「カカさま」

冴にすがり、佳奈は泣き声になっていた。

そのあと薄暗くなりかけた居間での夕膳は、ぎこちなく気まずいものとなった。

いつもの半分しか口にせず、早々に佳奈は隣の自分の部屋に引き籠ってしまった。

泣いていた。

「おまえさま」

「ふむ」

得心したように見つめる冴に、一林斎は茶碗を手にしたまま うなずいた。

驚かされた、そんな単純なことに怒ったのではない。

薬込役にとって、手裏剣や飛苦無が自分の手から離れることは、即、命のやり取りを意味する。鍛錬《たんれん》にもその真剣さが必要であり、神聖でもあるのだ。薬草の扱いもそうだ。だから茎一本にも、留左が魂消《たまげ》るほどに慎重なのだ。

神聖な手裏剣を打ち、おもしろがって佳奈が飛び出てきたことに、一林斎は怒りを滾《たぎ》らせたのだった。それはまた、自分でも気づいていなかった心の奥底を、思わず顕《あら》わにしたものでもあった。

一林斎は佳奈を、冴が願っている以上に、代々つづく薬込役の霧生院家の娘として意中においていたのだ。

そうでなければ、一林斎ほどの技量があれば、飛び退《の》きはするものの、

『おうおう、佳奈。上手《うま》くなったなあ』

と、頭の一つも撫でていただろう。

そうではなかった一林斎を見つめ、冴は安堵を覚えていた。

七

動くべきものは動いていた。

翌日、朝から佳奈の立ち居ふるまいが大人びて見えた。佳奈にも、感じるものがあ

ったのだろう。

動いていたのは、そのことではない。

「あら、飛脚」

療治部屋から庭に目をやった佳奈が声を上げたのは、夏の太陽がそろそろ中天《ちゅうてん》にかかる時分だった。

一林斎が縁側に出て受け取った。

いずれからか、封書を見てすぐに分かった。

「トトさま。どこからじゃ」

「遠い患家からでのう」

佳奈が訊いたのへ一林斎は応え、封書を持ったまま奥へ入った。

きのうまでの佳奈なら、

『どこから、どこから』

と、奥までつきまとったことであろう。

だがきょうは、

「さあ、佳奈。つぎの患者さんを呼んで」

「はい」

冴に言われ、すなおに従っていた。

文《ふみ》は、国おもての竜大夫からだった。薬込役にしか判らない符号文字で認《したた》められている。

――藩には極秘にて下向。江戸着到は数日以内

薬込役を統《す》べる大番頭の児島竜大夫が、国おもての組屋敷にも江戸藩邸にも内密で江戸に出てくる。尋常ではない。

加納五郎左衛門のあとを継いで城代家老となった布川又右衛門《ふかわまたえもん》が、新藩主の綱教に拝謁するため、すでに江戸への行列を組み和歌山を発ったらしい。五十人ほどの行列で、そのなかに薬込役の説明を綱教にするため、城下潜みの兵藤吾平太《ひょうどうごへいた》が入っているという。

符号文字の文面を読み進めながら、一林斎の表情は険《けわ》しくなった。

兵藤吾平太は、一林斎も冴もよく知っている。霧生院一家が和歌山城下を離れ江戸に出たあと、空き家となったあの町場の薬種屋に入った人物だ。秘伝の埋め鍼を継いでいるのは一林斎を措いて他にいないものの、兵藤吾平太も薬草学に長《た》け格闘技においても相応の手練《てだれ》である。だから一林斎は、自分のあと釜に竜大夫が吾平太を据えたと聞いたとき、

（――あの者なら儂も安心できる）

思ったものである。

しかしおかしい。新藩主への拝謁のため、布川又右衛門と一緒に薬込役も江戸に下向するなら、それは児島竜大夫でなければならない。藩主不在のとき、国おもてで薬込役を差配するのは城代家老であり、拝命するのは大番頭だからだ。

（新たな差配の仕組が）

ふと脳裡を走った。

文には、

――城内に不穏な動きあり。江戸にて談合したい

記されている。

千駄ケ谷の町場に際物師として住みついているロクジュが、福禄寿《ふくろくじゅ》のような額の汗を拭きながら、行商人の姿で霧生院の冠木門を入ってきたのは、その日の夕刻近くだった。夏の盛りで、大きな風呂敷に古着屋から仕入れた蚊帳《かや》を包んでいる。

療治部屋に患者はすでにおらず、

「おう、ちょうどよかった」

と、一林斎は縁側に出た。自分からも伝えたいことがある。きょうの、大番頭から

の文の件だ。

「へえ、もう毎日お暑うございます」

ロクジュは大きな風呂敷包みを縁側に置き、

「四、五日後、城代家老の布川又右衛門さまの行列が江戸に入ります。われらの仲間兵藤吾平太どのもそのなかにいるらしい、と……小泉忠介どのから」

「ふむ」

声を低めたのへ一林斎は小さくうなずき、

「実はきょう大番頭からも……」

話し、二人は怪訝《けげん》な表情で顔を見合わせた。

みょうだ。

布川又右衛門の行列が江戸に向かい、そのなかに兵藤吾平太が入っていることを、きょう小泉忠介が所用で赤坂の上屋敷に出向き、聞き込んできたという。

こうした話なら、予定の段階でとっくに光貞の隠居処となっている千駄ケ谷の下屋敷に伝わっていなければならないはずだ。ところが国おもての竜大夫も下屋敷も、行列が動き出してからようやく知ったことになる。

互いに見合わせる顔は、

(秘匿、われらは蚊帳《かや》の外に……?)

語っていた。

「小泉になあ、この数日中に上屋敷の動きをできるだけ探っておくように言っておいてくれ」

「へいっ」

ロクジュはふたたび風呂敷包みを背負い、腰を上げた。これまで上屋敷は奥御殿のみが〝敵〟であったが、いまは屋敷全体がそうなのかも知れない。

「トトさま、夕の膳がととのいました」

「おぉう」

奥から佳奈の声が飛んできたのへ、一林斎も腰を上げた。

その夜、冴は言った。

「なにやら、不気味に動いているようですねえ」

「うむ」

一林斎も冴とおなじ低い声でうなずいた。

「あらら。また馬のおじさん」

佳奈が縁側で声を上げたのは、ロクジュが来た日から五日目だった。きのう夕刻、赤坂御門前のイダテンが、

「――また胃ノ腑が痛みやして」

と冠木門をくぐり、布川又右衛門の行列が上屋敷に入ったことを伝えたばかりだ。竜大夫はハシリを供に、布川又右衛門の一行に一日の間を置き、あとを尾いてきたようだ。

「トトさま。また馬のおじさんが、腰をさすりながら」

「ふむ。すぐ療治部屋《こちら》へ通しなさい」

と、一林斎は待合部屋に二人ほどの患者を残したまま、単《ひとえ》の着物を尻端折に日除《ひよ》けの笠をかぶって冠木門をさも苦しそうに入ってきたハシリを、急患として扱った。

佳奈が冴に言われ、患家へ薬草を届けに出た。

佳奈はつい最近まで、珍しい人や変わった物に出会ったときには、〝わっ〟と声を上げていたのが、いまでは〝あら〟とか〝あらら〟に変わっている。そのような佳奈の背を、冴は満足げというより、真剣な表情で見送った。

療治部屋では、

「もう、腰が痛《いと》うて痛うて。たまらんですわい」

「どれ。まず痛みをとめよう。それから薬湯だ。冴、鍼の用意をして薬研で煎じ薬を」

「はい」

三人の声が板戸一枚を隔てた待合部屋に聞こえる。

あとは静かになり、薬研を挽く音が聞こえてきた。

療治部屋の衝立の奥で、一林斎とハシリが額を寄せ合っている。

「大番頭、着きました。あす午《うま》の刻（正午）、下高井戸宿の角屋にて」

「えっ」

一林斎は驚いた。

（なにゆえ江戸の外で。しかも、甲州街道？）

ハシリは一林斎の顔を読んだか忍ぶような声で、

「品川宿までは東海道でした。そこから大番頭は脇道に入り下高井戸宿へ、私は江戸府内へ入ってここへ……。こたびは対手がおなじ薬込役であり、殿まで〃敵〃としなければならぬやも知れず、用心に用心を重ねておいでなのです。大番頭が江戸に入った痕跡を微塵《みじん》も残さぬように、と。それで会うのも組頭と小頭のみ。私はこのあと千駄ケ谷に行ってロクジュに伝え、その足で下高井戸に参ります」

なるほど竜大夫の用心深さと覚悟のほどが感じられる。

それにしても下高井戸で角屋を選ぶとは、ハシリが進言したのだろう。江戸の医者として一林斎はすでに馴染《なじ》みであり、

「こたびも大番頭は〝上方《かみがた》の薬種屋の隠居〟の触れ込みで、私はその店の手代ということでございます」

ハシリが言ったのへは、つい一林斎も微笑《ほほえ》んだ。薬種屋の隠居と医者とが落ち合って薬草の話をする。なにもかもがぴたりと合い、旅籠の者が訝《いぶか》しく感じる点は、それこそ微塵もない。

「承知」

一林斎は低く言うと、

「さあ、痛みは消えたはず。あとは薬湯じゃ」

ふたたび一林斎の声が待合部屋に聞こえ、

「おぉ、さすがは霧生院の先生。もう治ったようじゃ」

待っていた年寄りの言っているのが、療治部屋にも聞こえた。

用件はそれだけだった。小頭の小泉忠介も、この数日でかなりの話を集めていることだろう。

腰を伸ばしたハシリが縁側から庭に下り、待合部屋の者から見送られるように冠木門を出たあと、佳奈が帰ってきた。

八

翌朝、家族三人に留左を加えて出かけたときのように、一林斎は早立ちだった。冴と佳奈が冠木門まで出て見送った。

佳奈には冴がきのう、

「——トトさまはほら、さっき来た文がすこし遠い患家からでのう。是非にもあした来てくれ、と」

と、話している。

「——ならばわたしが薬籠持《やくろうもち》に」

「——佳奈にはカカさまを手伝ってもらわねばならぬ」

佳奈が言ったのには一林斎がなだめた。〝カカさまを手伝ってもらわねば〟というのが効いたようだ。

「患家の爺《じ》っさまによろしゅう」

冴は言った。爺っさま……竜大夫である。近くまで来て会えぬとは、娘の冴より父親の竜大夫のほうが辛《つら》いことであろう。

「うむ」

一林斎は唇を結び、うなずいていた。

内藤新宿はこの夏に甲州街道の江戸から最初の宿駅として動きだしたばかりで、江戸府内に近く物見遊山もいてけっこう賑わっていた。

だがそこを過ぎると下高井戸まで林道《はやしみち》に畑道《はたけみち》と、人の影は極度に減り、水田が広がるところでは青々とつづく稲の波が美しい。

（なるほど）

あらためて一林斎はうなずいた。江戸府内からここまで来れば、もし尾《つ》けている者がいるとすれば、確実に気づくだろう。

そこにふと思った。

（これからの鳩首《きゆうしゆ》は、下高井戸の角屋が拠点になるかも知れぬ）

江戸では新藩主の綱教、国おもてでは城代の布川又右衛門と城下潜みの兵藤吾平太が、まとめて光貞隠居後の新たな〝敵〟となった場合である。

「あんれまあ、またお江戸の先生。二階でなんでも上方の薬種屋のご隠居とか申されるお方と若い手代さん。それにいましがたおいでのお武家がお一人、待っておいででございますよ」

と、旅籠が空いている時分のせいもあろうか、下へも置かぬ歓待ぶりだった。それに、竜大夫もかなり女将や女中たちに、おひねりをはずんだようだ。そのうえ医者なら、商家の隠居であれ歴とした武士であれ、誰と親しく膝を交えようと奇異に思う者はいない。

昼の膳を前に、四人はそれぞれが向かい合うように座している。

箸を動かしながら、さっそく竜大夫が話しはじめた。

「兵藤吾平太は城下潜みでありながら、わしの知らぬ間に城内に出向いておる。会っているのは城代の布川又右衛門どのだ。いかなる話をしているのか、それが伝わって来ぬ。これが、新たな仕組というものかのう」

明らかに、薬込役の指揮系統の改変を示す動きである。そのながれのなかに、布川又右衛門の江戸下向に兵藤吾平太がつくことになったようだ。大番頭が、薬込役の江戸下向に与《あずか》っていない。現在《いま》の薬込役が、源六の護りについていることを、意識したうえでの動きか……。

一林斎と小泉忠介は、深刻な表情でうなずいた。国おもての薬込役に、二つの系統ができようとしている。

小泉忠介が言った。衝撃的な内容だった。

近ごろ柳営（幕府）でも上屋敷でもささやかれているそうな。

「——上様（綱吉）は、後継の六代将軍に綱教さまをお考えのようだ」

と……。

信憑《しんぴょう》性は高い。綱教の正室・鶴姫は綱吉の娘であり、綱教の〝綱〟は綱吉の名から一字をもらったものなのだ。

「そのため、藩邸内はいま沸いております。次期将軍は紀州から……と」

竜大夫と一林斎はうなった。綱教も当然、その気になっていよう。

そこに思い起こされるのは、綱教の藩主就任のおり、綱教が故意に源六を江戸へ入れなかったことである。

綱教は上屋敷の奥御殿暮らしで、生みの親ではないが〝母上〟である安宮照子の影響をもろに受けていよう。

その遺志を受け継ぐにも、根拠がある。

綱教の六代将軍就任に抵抗勢力があれば、紀州徳川家に〝下賤の血〟が混じっている……紀州排除の口実になろうか。

『身辺を清めておかねばならない』

安宮照子に幼少より育てられたのでは、そう考えても不思議はない。というよりも、そう考えるはずだ。だとすれば、

(綱教さまに広い心をお持ちいただくのは)

東から出る太陽に、西から出ろと願うようなものではないか。

竜大夫、一林斎、小泉忠介、それにハシリは交互に顔を見合わせた。

(新たな危難の出来《しゅったい》)

ではないか。

無言のまま、それらの思いはさらに進んだ。

宮家の出である照子は京の陰陽師の土御門《つちみかど》家と結託し、源六を亡き者にしようとあらゆる手段を尽くした。いま綱教は、城代の布川又右衛門に命じ、城下潜みの兵藤吾平太を手許に引き寄せようとしている。

しばし沈黙のあと、一林斎は竜大夫に視線を向けた。

「大番頭は、新城代の布川又右衛門さまに、われら薬込役の配置をどこまで話しておいでであろうか」

小泉もハシリも、竜大夫に視線を集中した。一林斎の問いは、すでに綱教、布川又

右衛門、兵藤吾平太をひとまとめに〝敵〟と看做《みな》してのものだ。一林斎は布川又右衛門の顔は知っているが、親しく話したことはない。それに布川と兵藤吾平太がいつどのように結びついたか、知る材料はない。おそらく光貞隠居後のことであろう。

竜大夫は応えた。

「役務上、各地への潜みの配置はご城代に話さねばならぬこと。なれど江戸潜みは、話しておらぬ。これぱかりは藩命ではのうて、光貞公より内々の下知であったゆえのう」

一理はある。だから光貞自身も、綱教に江戸潜みの話はしなかったのだ。

ならば布川又右衛門も兵藤吾平太も、江戸藩邸内とその周辺に薬込役が潜み、さらに一林斎がその束《たば》ねであることを、

「予測はしても、慥《しか》とは知らぬはずじゃ」

「ふーっ」

一林斎と小泉忠介は、むろんハシリも、安堵の息を洩らした。

竜大夫は一同を見まわし、

「われらが役務、まだ光貞公から解かれてはおらぬ。よって誰が〝敵〟となろうと、断固遂行する。よいな」

「はーっ」

一同は拝命の姿勢を取った。

あとは具体的な策の談合となった。

竜大夫といえど、城下の組屋敷のなかに兵藤吾平太が手なずけた者がいるのかどうか、探索は困難だ。下手に探索しようものなら、薬込役を二つに割りかねない。竜大夫はむろん、一林斎たちも歯痒《はがゆ》い思いを禁じ得なかった。

だが同時に、それは安心材料の一つでもあった。

(城下で薬込役同士が争うことはない)

それぞれの胸中にある。もし争えば、薬込役の組織そのものの崩壊を招き、紀州徳川家が関ケ原以来培《つちか》ってきた隠密組織を、失うことにつながりかねない。それは布川又右衛門も兵藤吾平太も、充分に分かっていよう。もしそれを示唆する命を綱教が下そうとしたなら、二人は藩のため、綱教を強く諫《いさ》めるだろう。

「主戦場は、領外」

一林斎は言った。

気がつけば、膳はほとんど進んでいなかった。

「さあ、せっかくの膳だ。冷めぬうちに」

竜大夫は箸を動かしはじめ、一林斎らもそれにつづいた。雰囲気の変わったなかに、

「して、源六君は如何に在《おわ》しましょうや」

一林斎が問いを入れた。

越前の丹生郡《にうぐん》に綱吉から三万石を拝領し、葛野藩《かずらのはん》藩主となったものの、十五歳の身で大名生活を嫌って領地には一度も入らず、いまなお和歌山で自儘《じまま》に暮らしていることは、竜大夫が光貞に知らせ、一林斎らも聞いて知っている。

「いやあ、あのお方にはまったく不羈奔放《ふきほんぽう》で困るわい」

言う竜大夫の表情に、まったく〝困った〟ようすはない。逆に愉快そうに、

「お忍びどころか堂々と城を出られ、あるときは馬で、あるときは徒歩《かち》でのう。それもまたどこへ行っても、町でも村でも港でも、領民と気さくに話されて人気もまたあってのう。それに年ごろの町娘や村娘からもようもてるのじゃ」

幼少のとき、佳奈を引き連れ城下を飛び跳ねていたころと、行状はまったく変わっていないようだ。

「まるで講釈に聞く尾張《おわり》の信長《のぶなが》公にそっくりじゃ。わっはっはっは」

言いながら竜大夫は大笑してみせたが、目は笑っていなかった。真剣に、そう思っ

ているのだ。一林斎も、それは同様であった。

膳が終わったころ、来たときには中天にかかったばかりだった太陽が、すでに西の空にかなり入っていた。

「あんれ、こんな時分にお発ちかね」

と、角屋の女中が目を丸くした。

竜大夫の主従が、これから上方へ発つというのである。

きょうの鳩首で竜大夫も一林斎も、むろん小泉もハシリも、そうではないかと思っていた全体像がつかめ、新たな〝敵〟の生じたことを慥と認識した。

角屋の前で見送るかたちになった一林斎は、町人の旅姿に戻った竜大夫にそっと言った。

「われら三人家族、いずれも息災にございます。とくに佳奈の成長はいちじるしく」

「そうか」

竜大夫は一言、返しただけだった。

薬籠を小脇に抱えた一林斎と、二本差しに袴の股立《ももだ》ちを取った小泉忠介は、旅姿の竜大夫とハシリの背が見えなくなるまで、角屋の前で見送った。

「大番頭も冴さまも、お辛いことでしょうなあ」

「うむ」

小泉忠介が言ったのへ、一林斎は肯是《こうぜ》のうなずきを返した。

だが、

「それに、佳奈さまのお姿を……」

「慎《つつし》め！　その呼び方をっ」

言いかけたのには、即座に叱声《しっせい》をかぶせた。

佳奈の存在は、ますます秘匿しなければならなくなったのだ。

薬込役を割るかも知れない戦いは、すでに始まっている。

二　同士討ち

一

「敵はやはり、領外で」

「そのように、思われます」

日本橋北詰の割烹である。

遅めの昼の膳を前にしている。

この日の鳩首《きゅうしゅ》は、一林斎と小泉忠介の二人だけだった。

声を落としている。

〝敵〟の姿が見えない。しかもそれは、〝将〟は奥御殿であっても実戦部隊が京より出張《でば》ってくる式神たちとは異なり、藩邸内に根を張り、江戸潜みの一群を割り出そうと頭もしているかも知れない。迂闊《うかつ》に動くのは危険だ。だからこの重要なときにも、組頭と小頭だけの鳩首となったのだ。

国おもてより下向してきた城代家老の布川又右衛門と城下潜みの兵藤吾平太の一行が帰った翌日である。かれらの上屋敷滞在はなんと一月《ひとつき》にも及び、江戸はすでに秋風を感じる季節となっている。

この間、一林斎はまったく動かず、町の鍼灸医《しんきゅうい》に徹していた。〝敵〟に存在を覚《さと》られてはならない……潜みの最も重要な心得である。

動いたのは氷室章助とイダテン、ロクジュだった。兵藤吾平太が上屋敷を出れば氷室がイダテンにつなぎ、イダテンとロクジュが交代で尾《つ》けた。江戸で吾平太が接触する者はいないか……いなかった。数度外出したが、案内の江戸勤番の家士と一緒で、いずれ江戸の名所見物だった。

兵藤吾平太は城下潜みとして一林斎のあと釜に入るまで、京潜みに大坂潜みをしていたため、一林斎はもとより江戸潜みたちと面識がないのはさいわいだった。

紀州の商人で江戸にも支店を出し、けっこう財を成している者もいるが、それらの接待などをまったく受けなかったのは、

「——さすが一林斎さまのあとを受けた、兵藤吾平太だけのことはあります」

氷室章助から報告を受けたとき、小泉忠介は唸《うな》ったものである。

ただ、ときおり下屋敷から憐み粉を運んで来る、中間《ちゅうげん》のヤクシには目をつけたようだ。裏庭でヤクシを呼びとめ、

「――そのほう、製法は誰に習《なろ》うた」

「――国おもてより出て来られた、児島竜大夫さまと申されるお方に調合を詳しくお教えいただき、藩邸の家士のお方や腰元衆らと、撒き方の手ほどきも受けましてございます」

訊《き》かれたのへ、ヤクシは応《こた》えた。

吾平太は家士や腰元衆にも聞き込みを入れ、得心したようだ。事実と異なるのは、ヤクシが下屋敷の中間に入る前から憐み粉の調合に熟練していたことである。だがそれは、聞き込みからは出てこない。

さらに吾平太は、

「――ほかに江戸で製法を知る者はおらぬか。たとえば、国おもての児島竜大夫どのと、秘かに連絡を取っていた者など」

しつこく訊いた。一林斎のことだ。吾平太は霧生院一林斎のその後をかなり気にしている。竜大夫に訊いても答えが得られないのだから、兵藤吾平太にすればますます

気になり、不気味にも感じている。互いに、名しか知らないのだ。

日本橋北詰の割烹で、小泉忠介は開口一番、

「ご安堵くだされ。兵藤吾平太どのに、われらに代わる江戸潜みを置いた兆《きざ》しはありませぬ」

さらにつづけ、

「ただし、江戸勤番の家士のなかには綱教《つなのり》公の示唆《しさ》を受け、布川又右衛門さまと兵藤吾平太どのと談合を重ねた者が幾人かおります」

「ふむ。やがてはそれらが裏の江戸潜みを形成しようかのう。その〝将〟が綱教公とあれば、ちょいと厄介《やっかい》だぞ」

「その動き、できるだけつかむようにいたします」

「無理はするな。手を入れすぎると、かえってわれらの存在を敵に知られることになりかねぬ」

「むろん、心得ております。それよりも組頭」

と、小泉忠介は声を落とし、上体を前にかたむけ顔を一林斎に近づけた。

「ふむ」

一林斎は箸も口も動きをとめ、聞く姿勢をとった。

「きょう朝のうちにございます。駕籠で綱教公が下屋敷へおいでになり、光貞公にお会いになりました」

「なんと! して、話の内容は?」

「綱教公から同座は許されませんでしたが、お帰りになったあと、すぐ光貞公から聞きましてございます」

「いかに」

一林斎も上体を前にかたむけた。これこそ鳩首である。

「――綱教め、源六が、いや頼方《よりかた》が葛野藩《かずらの》を賜《たまわ》っておきながら、いまだ和歌山城に入ったまま国おもてに行かぬとは、上様(綱吉)のご厚意をないがしろにする所業だなどと、頼方を罵倒しおった」

光貞は小泉を部屋に召し、言ったという。

さらに光貞は、

「――早う葛野に赴《おもむ》くよう、わしから頼方に叱責の文《ふみ》を書けなどと言いおった」

猪口才《ちょこざい》なといった顔つきで語ったらしい。

光貞が語るには、綱教はその場で書くように迫ったらしいが、

「――面倒なので、そのうちにな」

光貞は応えたという。

綱教は城代の布川又右衛門に、国おもてに帰れば松平頼方こと源六にそう諫《いさ》めよと下知したであろう。

長兄の言葉として城代家老から諫められ、さらに隠居の光貞からも叱責の文が来れば、源六は動揺せざるを得まい。

「ふむ。で、光貞公はお書きになりそうか」

「分かりませぬ。ただ光貞公は〝頼方にも困ったものよ〟と、嘆息しておいでございました」

「ふーむ。いかに面倒だとはいえ、綱教公から再度の催促があれば、むしろそちらを面倒くさがられて、筆をお取りになるかも知れぬなあ」

「おそらく」

「うーむむ。それがこたび江戸下向で話し合われたのか。なるほど……」

一林斎は得心したように上体をもとに戻し、〝敵は領外で〟と推測したのだ。

布川又右衛門が新藩主の綱教の意を体するのは当然であろう。というより、城代たる者、そうでなければならない。布川又右衛門がそれの遂行に児島竜大夫を遠ざけたのは、竜大夫らが光貞から先《さき》の城代である加納五郎左衛門とともに源六守護を拝命したことに勘づいているからだろう。

敵味方は明確になった。ということは〝敵〟もまた、それを明確に認識していることになる。その〝敵〟の〝将〟である綱教にとって、〝下賤の血〟である源六は、おのれの将軍位のためにも、この世にいてはならないのである。

そこで〝やはり〟と一林斎が推測し、小泉忠介が〝そのように〟と肯是《こうぜ》した〝敵〟の策とは、ふたたび舌頭に乗せるまでもないことであった。

ただ一林斎は、

「早く成果が見たいなら、紀州から源六君を締め出し、越前に移る途中か。じっくりと腰を据えてかかるなら、葛野領内で……」

「そうなりましょうなあ」

小泉忠介はここにも肯是のうなずきを返した。

一林斎はつづけた。

「この一部始終をおぬしからイダテンに話し、きょうあすにも江戸を発ち、口頭で大《おお》番頭《ばんがしら》に伝えるよう言っておいてくれ」

「承知」

とまっていた箸が動きはじめた。

やわらいだ空気のなかに、

「葛野へは城代に加納久通《ひさみち》どのが入っておいでだ。藩の政事《まつりごと》は大丈夫だろう」

「あはは。松平頼方さまは久通どののおかげで、和歌山で存分に羽根を伸ばしていることができる。あのお方をお護り申し上げている最大の功労者は、久通どのかも知れませんなあ」

「ふむふむ。そうとも言える。だがな、久通どのの功績はもっと大きく、奥が深いものとなるかも知れんぞ」

久通は加納五郎左衛門の長子で、本来なら紀州で城代家老を継ぐ身分だった。その教育を、五郎左衛門は久通にしている。それがいま、紀州徳川家五十五万五千石より葛野藩三万石で生かされている。

「えっ、どういうことで？」

小泉はまた箸をとめた。

「分からんか。源六君は三万石などに収まるお方ではない。いま和歌山城下で町人に百姓衆に漁師らと、忌憚《きたん》なく接しておいでじゃ。まだ先は見えんが、それがきっと役に立つ日が来よう。儂はそれが楽しみだ」

「はあ」

小泉忠介は返したものの、まだ解せない表情ではあった。

膳が終わりかけたころ、一林斎は厳しい顔に戻り、

「光貞公はもう齢《よわい》七十二を重《かさ》ねておいでだ。余生といえば申しわけないが、下屋敷でのんびりとお暮らし願いたい。くれぐれも煩《わずら》わしきことは持ち込まぬように、な」

「もとより」

小泉はうなずいた。

二

身に受ける風にも、周囲の樹々《きぎ》にも秋の気配を感じる。

「おや、伊太さん。ずいぶん早かったじゃないか」

「ああ。師匠の元気な顔を見ると、それだけで江戸へ戻りたくなってなあ」

などと赤坂の長屋で会話が交わされたのは、

「――組頭からだ」

と、イダテンが小泉忠介に言われ、翌日に長屋の住人たちに、

「――上方のお師匠がちょいと具合が悪くなったらしくってなあ」

と告げ、翌日に発って十日ほどを経てからだった。

午《ひる》をかなりまわった時分だった。

旅装を解くなり、

「ちょいと日延べしてもらったお客さんへの挨拶まわりだ」

と、すぐさま長屋を出た。

もちろん挨拶まわりの先は神田の須田町だ。

めずらしく待合部屋は空で、療治部屋は五十肩になった町内の左官屋が、

「先生よう。俺、一日も早う仕事に戻りてえんだ」

「無理をすると、この体、もとに戻らなくなるぞ」

「そりゃあ困る」

話しながら鍼療治を受け、縁側では留左が神田川から笊《ざる》一杯に獲ってきた菱《ひし》の実を乾燥させるため、ざらざらと広げていた。

「おう、印判《いんばん》の伊太公じゃねえか。あはは、おめえも肩凝りかい。五十肩になるにゃ早すぎるぜ」

「なに言ってやがる。仕事でちょいと凝っただけよ」

肩を痛そうに押さえながら冠木門を入ってきたイダテンに、留左が声をかけ、

「えっ？」

と、一林斎は鍼を打っていた手をとめ、衝立の奥から顔をのぞかせた。

（和歌山から帰ってくるのは、冬場か）

思っていたのだ。ハシリを江戸から和歌山に帰したときのように、現場のようすをじっくりと見るには、

（一月《ひとつき》はかかろうか）

と、予測していたのだ。

それが十日ばかりとは、イダテンは走りどおしでそれこそとんぼ返りではないか。

一林斎は何事かと焦ったが、

「ほう。菱かい」

と、イダテンは留左に声をかけ、縁側に座り込み、余裕を見せている。

「伊太さんかい」

一林斎は衝立の奥からイダテンに声をかけた。

「へえ。また肩が凝りやして。死ぬほどじゃありやせんので、ここで待たしてもらいまさあ」

「おうおう。あんたはいつも根をつめて判子《はんこ》を彫りなさるからねえ」

「へえ、まあ」

と、イダテンは急ぎではなさそうな返事を返した。

(ならば、なぜ大番頭はこうも早くイダテンを帰しなされた)

やはり疑問は消えない。

「へへ、先生。あしたまた獲って来まさあ」

留左は菱の実をならべ終えると、急ぐように腰を上げた。神田川から帰る途中、柳原土手の古着・古道具屋のならぶ裏手で、また野博打《のばくち》を打っている一群を見つけたのだろう。霧生院の庭へ入ってきたときからそわそわしていた。

「ほどほどにな」

「へえ」

声をかけた一林斎にふり向きもせず、返事だけで留左は冠木門を走り出た。

「留にも困ったものですよ。ときどき声をかけて壁塗りに連れて行くと、けっこういい仕事をしやしてねえ。霧生院《ここ》でももっとこき使ってやりゃあ、あいつのためにもなるんですがねえ」

「考えてはおるのだがな」

肩に鍼を打ってもらいながら言う左官屋に、一林斎は返した。遊び人でも留左は町の鼻つまみ者ではない。逆になにかと重宝がられ、好かれてもいる。

「あっしも、また手が足りなくなれば、留に声をかけてやりまさあ」

と、左官屋が軽くなった肩を試すようにゆっくりまわしながら、

「印判の人。お待たせしましたなあ」

と、縁側から庭へ下りたのと入れ替わり、

「この時分の菱は、殻が硬く締まっていますねえ」

左官屋と似た職人姿のイダテンが、痛そうに肩を押さえているのではなく手の平に載せた菱の実をくるくる動かしながら療治部屋に入ってきた。

「さあ、聞こうか」

「冴さまと佳奈お嬢は？」

奥のほうをうかがうようにイダテンが問うのへ、

「大通り向こうの商家でなあ、女房どのがきゅうに産気づいたという知らせで、朝から佳奈も一緒に飛び出して行った。さあ、いまは儂《わし》とおまえの二人だけだ。この時分になれば、急患でもない限り、患者はもう来ぬ」

「へい。では、組頭」

「ふむ」

語りはじめたイダテンを、一林斎は凝視した。なぜとんぼ返りだったか、そこを早く聞きたい。

「名古屋のあたりで大名飛脚を抜きまして、一足早く和歌山城下に入りました」

「ふむ。さすがおまえだ」

「城下で知った者と出くわしてはいかんと思い、夜を待って雨戸を叩きました。不意の訪れに大番頭は驚かれたようで、あたりをはばかるようにそっと部屋に入れ……」

イダテンは声を低め、江戸での一部始終を、一林斎が立てた推測もまじえ話した。

「うーむ、と大番頭は沈思するようすになり、不意に顔を上げるなり……」

「――イダテン、おまえはこの場からすぐ帰れ。誰にも見られるな」

竜大夫は言ったという。

「それだけか」

「はい」

「ふむ」

一林斎はそれだけですべてを解した。

事の重大さを、竜大夫は覚《さと》ったのだ。

江戸潜みの陣容を、薬込役の組屋敷内の者にも知られてはならない。

イダテンにとんぼ返りさせたのは、それ以外に考えられない。竜大夫は、新藩主の綱教―城代の布川又右衛門―城下潜みの兵藤吾平太とつながる一群を、明確に〝敵〟と看做《みな》し、対決する姿勢を江戸潜みの者たちへ憔《しか》と示したことになる。

「ほかに大番頭はなにか言っておられなかったか」

「ただ一言」

「ふむ。いかに」

一林斎は庭にも待合部屋にも人がいないのを確認するように見まわし、あらためて視線をイダテンに据えた。

「私が帰ろうと、旅支度のまま組屋敷の縁側の雨戸から外へ出ようとしたとき、背後から低い声で……」

「ふむ」

一林斎は上体を前にかたむけた。

「――頼方《よりかた》さまには、来年弥生《やよい》（三月）参勤交代にて江戸おもてへ……ご滞在は一年。江戸の者、心せよ」

竜大夫は言ったという。

「うっ」

思わず一林斎は声を上げた。

竜大夫から聞かされたとき、イダテンも緊張したのだろう。

「組頭」

と、一林斎の顔をのぞき込んだ。

「うむ」

一林斎はうなずいた。

源六がまだ松平頼方となる前、上屋敷での奥御殿暮らしを嫌い、脱走するように千駄ケ谷の下屋敷へ移って以来、安宮照子の差配でつぎつぎと土御門《つちみかど》家の式神たちが襲ってきた。千駄ケ谷で、神田川の岸辺で、さらに下高井戸の樹間から狼谷《おおかみだに》へと、幾度となく戦い、一林斎も瀕死の重傷を負った。

それが再現される……。しかも〝敵〟は京より出張って来るのではなく、藩の中から刃を向けてくる……。

イダテンの手から、菱の実が落ちた。

「あぁ、これ。つい、形がよかったもので」

「うっ」

一林斎はうめいた。日干しにした菱の実は、茹《ゆ》でて食べると滋養になり、煎じれば健胃や二日酔いに効く。だが、イダテンの言った〝よい形〟とは、漢方の効き目ではない。

撒き菱である。棘《とげ》が鋭い。

うめいたのは、かつての光景が一瞬脳裡をよぎったからだ。

源六一行の道中潜みで江戸へ出る途中、久女《ひさめ》が女式神をともなって街道に出迎え毒殺しようとしたのを阻止した。そのとき使ったのが、毒を塗った菱の実だった。

さらに脳裡をかすめるものがあった。式神たちの動きが已《や》んだのは、元凶の安宮照子に埋め鍼を打ち込み、息の根を止めてからだった。ならば、

（こたびも）

全身の血が泡立《あわだ》つのを覚えた。新たな〝敵〟の〝将〟は、藩主の綱教公なのだ。

それればかりではなかった。

源六がふたたび江戸住まいとなれば……成長した源六と、すでに女童《めわらべ》などではなくなった佳奈の出会う機会が……ないとは言えなくなる。会えば佳奈は〝源六の兄《あん》ちゃん〟との日々を回想し、

――えっ。わたしって、何者？

疑念を芽生えさせることになろうか。

一林斎にとっても冴にとっても、これほど辛く、決断の困難な問題をともなうといえだけではまだ軽すぎる。避けたい、来る日を一日でも先に延ばしたい、さらに来なければいいと願わずにはいられないことなのだ。

冠木門のほうが不意に騒々しくなった。

「ほんとうに、ほんとうにありがとうございました」

「さあ。もうここでよろしゅうございますから」

聞こえる。

生まれたようだ。知らせが飛び込んできたのは朝のうちだったのに、いままでかかっていたとは相当の難産だったのだろう。先方の家の者が数人、霧生院の門前まで送って来たようだ。妊婦は大通り向こうの家具屋の嫁だった。

「トトさまあ、すごかったのよー」

佳奈が庭に駈け込んできた。

「あらら、印判の伊太さん。また肩が痛むのですか」

衝立の奥からイダテンが顔を出したのへ、佳奈は足をとめた。

「なにがすごかったのだ」

一林斎が縁側に出てきた。

「そう、それ。伊太さんも聞いて！」

佳奈はよほど感じるところがあったのか、庭に立ったまま話しはじめた。

「朝だったでしょう、ここをカカさまと走り出たのは」

「ふむ。そうだった」

「大通りに出ると、どこのお殿さまか、百人くらいの長い行列だったの。通り過ぎるまでそんなの待てないから、カカさまと一緒にご免なさんし、ご免なさんしとお行列のあいだを横切って向かいの町へ走り込んだの。お行列のお侍さんたち、通してくれたの。だからカカさま、お産に間に合ったのです。よかったあ。もしそうでなければ、あの赤ちゃんも母さまも死んでいた。お侍さんたちもお殿さまも、みんな分かっているんだ。生まれる赤ちゃんの、大事なことを。ふーっ」

一気に話しているあいだ、佳奈は肩で息をしていた。

「佳奈。さあ、つぎはお台所よ」

「はーい」

玄関のところから冴に呼ばれ、佳奈は走って行った。

縁側に立ったまま、一林斎とイダテンは顔を見合わせた。

「大きゅうなられましたなあ」

イダテンが言ったのへ、一林斎はうなずきを返した。

大名の行列は、藩邸から江戸城への出仕であったろうか。神田の大通りではよく見かける。

市中であれ街道であれ、大名の行列を町人はおろか武士でも横切る無礼は許されないし、あり得ないことだ。あれば即座に無礼討ちの太刀が一閃することになろう。しかし医者と産婆には許されている。たすき掛けの女が薬籠を抱えて裾《すそ》を乱しておれば産婆と分かる。それでも横切る者はおらず、行列のうしろのほうへ走るのが関の山だ。だが冴は数日前から家具屋の妊婦の正常でないことを診ており、産気づいたとの知らせを聞くなり、一呼吸の間も争うように薬籠を小脇に佳奈を代脈に冠木門を飛び出したのだ。

佳奈が言った、遅れれば母子ともに〝死んでいた〟のは、決して大げさではない。そこへ間に合った。しかも間一髪の難産であったがゆえに、佳奈は感動しているのだろう。冴の産婆としての技倆もさりながら、佳奈は〝お侍さんたちもお殿さまも〟のところに、ことさら力を入れていた。

「それよりもイダテン」

「はっ」

縁側に立ったまま一林斎が思い出したように言った。イダテンはつい本来の武士言葉で応じた。

「お産のことは言わずともよいが、大番頭の〝心せよ〟との言葉、小泉らに徹底しておけ。いずれ一同そろうて鳩首せねばなるまい。こたびは不意の長旅、ごくろうであった」

「ははっ」

イダテンはまた武士然とした返事になり、

「おっと。菱の実を踏むところでやした」

町人言葉に戻り、庭に下りた。

三

拝領した越前の領地には、竜大夫が出すまい。紀州本家の領内で竜大夫が目を光らせておれば、城代の布川又右衛門も城下潜みの兵藤吾平太も、迂闊《うかつ》に手は出せまい。出せば逆に、秘かに築いているであろう陣容を竜大夫に知られ、自分たちの身さえ危うくなることは、二人とも心得ていよう。

「父上には、気苦労が絶えぬでしょうが……」

イダテンが来た日の夜、話を聞いた冴は竜大夫の立場を心配しながら、言葉を濁した。来年弥生（三月）の、源六が江戸に出て来た以降のことを心配しているのだ。葛野藩は江戸屋敷を持たず、千駄ケ谷の紀州藩下屋敷を江戸藩邸としている。源六がそこに戻ってくれば、ふたたびその周辺が攻防の場となろうか……。しかも〝敵〟は身内であり、式神たちより手強い……。

冴の懸念はそればかりではない。

かつて源六が湯島聖堂《ゆしませいどう》へ行くとの名目で、赤坂の上屋敷を出たとき、行列を抜け出し柳原土手から両国広小路まで、お忍びで散策したことがある。そのときに式神の襲撃を受けたばかりか、近所の子供たちと柳原土手で遊んでいた佳奈と、鉢合わせになりそうにもなったのだ。

いまの源六は、上屋敷の奥御殿で逼塞《ひっそく》していたときとは異なる。三万石の藩主なのだ。お忍びを思い立てば、抜け出すのに苦労はない。堂々と正面門から出られる。かつて遊んだ柳原土手や両国広小路を懐かしみ、周辺の町々も散策しようか。

佳奈とばったり……ありうる。

（そのとき……）

一林斎と冴は、襖一枚向こうの部屋に佳奈が寝入っているとき、淡い行灯の灯りのなかに顔を見合わせただけで、互いの胸の内に、

（…………）

いかにすべきか、答えを出し得ていない。

「ともかくなあ……」

一林斎は低い声を畳に這《は》わせた。

「この霧生院の嗣子《しし》として……」

「はい」

冴は返事をしたものの、一林斎の言う〝この霧生院〟が、町の鍼灸・産婆の霧生院なのか、それとも必殺の埋め鍼《うずばり》の秘伝を受け継ぐ紀州藩薬込役の霧生院なのか、二人とも決しかねている。

解しているのは、ともかく佳奈に学問、医術に護身術を慥《しか》と身につけさせておくことである。その意味では、一林斎にも冴にも、毎日が充実したものであった。佳奈も、熱心に学ぼうとしている。

大通り向こうの家具屋にお産があってから、十日ほどを経ていた。

町内に一人、気になる患者がいた。留左の長屋のすぐ近くで、常店《じょうみせ》の八百屋のおやじだ。佳奈よりも数年小さな男の子と女の子がおり、佳奈が外でよく近所の子供たちと連れ立って遊んでいたころ、その仲間だった。市助《いちすけ》と初《はつ》といい、二人ともまだ小さく、ころんですりむいたときなど、佳奈がよく消毒作用のある草や木の葉を揉んで手当したものだった。

父親は痩せた男で、一月《ひとつき》ほども前から胃ノ腑が痛む、食欲がないと寝込む日がつづき、一林斎と冴が薬湯を調合していたのだが、問診や触診で、

「――相当に胃ノ腑を病んでおり、あとはもう静かに死を迎えられる環境が必要だ」

と、証《しょう》を立て、女房のお六《ろく》にもそっと告げていた。

心配する佳奈には、

「――大丈夫だ。あそこの二人の子供たちにはそう言っておけ」

みょうな一林斎の言い方に佳奈は首をかしげたが、療治部屋で手が空いたとき、一林斎と冴の話しているのをつい聞いてしまった。

「――薬湯ではもう治せぬのではありませぬか」

「――こんど血を吐けば、そのときが、すべての苦しみから解かれるときとなろう」

佳奈には衝撃だった。

『——死ぬのですか』

と、訊くのが恐ろしく、野菜を買いに行ったときなど、佳奈を〝お姉ちゃん〟と呼ぶ市助と初には、

「——大丈夫だからね」

言っていた。そのたびに兄妹はにいっと笑顔を見せた。嘘をつくのは、佳奈には辛いものだった。家具屋のお産はそのようなときだったから、ことさら命の誕生に感じるものがあったのだろう。

町内のあちこちに立ちのぼる朝の煙が一段落ついたころだった。

「せせせせ、先生！　ご新造さまあっ。大変《てえへん》だあーっ」

朝の遅い留左が寝巻のまま、帯も裾も乱して霧生院の冠木門に走り込んだ。

佳奈が庭に出ていた。

「まあっ、留さん。どうしたの」

「おお、お嬢！　先生とご新造さまは！」

問いながら玄関に飛び込んだ。

声を聞き、急ぎ奥から出てきた冴に、

「来てくだせえっ。五郎助《ごろすけ》さんがあっ」

八百屋のおやじの名だ。

「血を、血を吐きやがってえっ」

「なに！　佳奈っ、薬籠を持て。冴はすぐ薬湯の用意を！」

療治部屋に入ったばかりの一林斎は縁側から飛び下り、庭下駄をつっかけた。

「はいっ、トトさま！」

佳奈も裾を乱し、療治部屋に飛び込み薬籠を小脇に抱えた。

「早う、早う、先生！　見ちゃあおれんのでさあ」

留左は八百屋の女房に頼まれたのだろう。先導するように一林斎の前を走った。五郎助の苦しみだしたのは、すでに町内に広まっている。

「あっ、霧生院の先生！」

「早う！　五郎助さんがぁ」

道々に声が飛ぶ。

外からは見えない、胃ノ腑になにか吹き出物のようなものでもできていると思われる病だ。末期のその痛さは、腹の中から短刀を突き立てられ、えぐられているような激痛だ。このときはまだ呻《うめ》き声とともに七転八倒し、周囲に苦しみを伝えることができる。それは半日か一日もつづこうか。やがて精根つき、声を出すだけでも、また身動きしても、ただ痛さが響きわたり、ひたすら歯を喰いしばって激痛に耐え、それがまた数刻もつづき、やがて一林斎が冴に言った〝すべての苦しみから解かれる〟ときを迎えることになる。もちろん顔は激痛に歪《ゆが》んだままとなる。

その過程を見ているだけしか術《すべ》のない家族にとっては、ただただ辛い時間がながれるばかりとなる。

留左はその五郎助の七転八倒を見たのだろう。

八百屋に駈けつけた一林斎は、

「ふむ」

うなずいた。救う道は一つしかない。

佳奈は驚愕の態《てい》で見つめている。

「お姉ちゃん！」

市助と初が、恐ろしいものでも見るように、佳奈にしがみついた。

「大丈夫よ。大丈夫」

佳奈は言う以外にない。

五郎助は吐いた血の跡も生々しい蒲団の上で、胃ノ腑のあたりを抱え込みエビのよ

「ロク、お六っ。ううう、包丁を、包丁を持ってこいっ。出刃だっ。胃ノ腑を、胃ノ腑を切り取りてーっ」

「あんたぁ」

返すお六の脳裡は、もう幾度台所に走り出刃包丁を持って来ようかと思ったろうか。非道《ひど》い発想ではない。亭主のためなのだ。

一林斎はうつ伏せの五郎助をゆっくりと仰向けにさせ、うにうつ伏せ、

「佳奈、鍼を」

「は、はい」

佳奈は市助と初にしがみつかれたまま薬籠から鍼を出し、手に幾本も持ち、一本を一林斎に渡した。一林斎は大きく息を吸い、俗に膝の皿といっている膝蓋骨《しつがいこつ》から指の幅二本分ほど上にある、梁丘《りようきゆう》という経穴《つぼ》に鍼を打ち、さらに佳奈が渡す鍼をつぎつぎと打ち、それらの頭を指で軽く叩きはじめた。気血の通り道である経絡《けいらく》に響きというか、得気《とつき》を与えているのだ。

抜き、再び打つ。

得気を与える。

「ふーっ、ふーっ」

五郎助のうめきが、荒い息に変わった。

痛みが薄らいだようだ。

「わっ、治った」

佳奈にしがみついていた市助と初が手を離し、

「おとう」

父親の顔をそろってのぞき込んだ。

「おぉ、おまえたち」

憔悴しているが、五郎助は笑顔を見せた。

女房のお六が、一林斎に視線を投げた。

「ふむ」

一林斎はかすかに声を出し、うなずきを示した。

お六は無言で頭をこくりと上下させた。一林斎のうなずきが語っていることを、解したのだ。

すでに一林斎はお六に話している。

「——助からぬ。いまの鍼は、五郎助をこの世の地獄から救うのみと思え」

（お願い、いたしまする）

お六は胸中で、一林斎に手を合わせていた。

台所の勝手口から、

「留さん、来ているかい。霧生院のご新造《しんぞ》さまがお呼びだあっ」

「おう」

聞こえた声に、部屋の隅にかしこまっていた留左は立ち、台所のほうへまわった。

表戸はまだ開けていない。勝手口のほうへ近所の者が心配げに集まっている。野次馬などではない。

「留、ご新造さまが用事だ。すぐ行け」

「言われなくても分かってらあ」

悪態をつきながら心配げに中をのぞき込んでいる住人たちをかき分け、霧生院に走った。

待合部屋に二人ほど待たせたまま、冴は薬缶《やかん》に熱い薬湯を用意していた。待合部屋の二人は町内の婆さんたちで、

「おうおう、五郎助さんとこかね。心配じゃ」

「そっちのほうを先にしてやりなされ」

と、いつまでも待っている構えだ。

台所で、留左は五郎助のようすを低声で話し、

「どうやら、治《おさ》まったようでして」

「いまは、ね」

冴も押し殺した声で返し、

「この薬湯ねえ。眠りを誘うの。気休めにしかならないけど」

「気休め?」

留左は問い返した。

「そう。五郎助さんにもお六さんにも、あとしばらく、これが必要なのです」

「あとしばらく? ご新造さん!」

留左は問い返し、

「それじゃあ……」

無言でうなずいた冴に、留左は察したようだ。

待合部屋は三人に増えていた。

薬湯が効いたか、一度眠りについた五郎助が、

「ううううっ」

また胃ノ腑のあたりを押さえ、目を覚ましたのは午《ひる》すこし前だった。痛みが得気の効果を超えたようだ。

「佳奈、鍼を」

「はい」

すかさず一林斎はふたたび梁丘へ鍼をくり返した。

痛みは治まったようだ。

佳奈が薬湯を飲ませた。

「先生も、佳奈ちゃんも、いてくれたんですかい」

意識はしっかりしている。

佳奈は、市助と初を前に押し出した。

「おとう」

「おうおう、おまえたちも」

市助と初の手を五郎助は強く握り、

「お六、店は開けたか」

「い、いえ。まだ」

「そろそろ、開けておけ」

「はい。おまえさん」

お六は気丈だった。

「おとう。まだ早いよ」

「うぅん。うち、手伝うもの」

市助が言ったのへ初がつないだ。

お六は懸命に涙を堪《こら》えている。このあとに来る事態を知っているのは、一林斎と佳奈と、お六の三人だけである。なかば解している留左はじっとしておれないのか、

「用事があれば言ってくだせえ」

と、落ち着かないようすだ。

五郎助はふたたび眠った。

勝手口からは、顔ぶれは変わっているが、常に数人が心配そうにのぞいている。

「ね、ほら。お父つぁん、安らかでしょう。ね、ほら」

佳奈は市助と初に言った。

「うん」

市助が応え、初もうなずいた。佳奈は涙を堪《こら》えている。

このあとも二度ほど鍼を打ち、その〝安らかな〟表情のまま五郎助が息を引き取ったのは、陽が西の空にかなりかたむいたころだった。

霧生院の居間で三人が夕の膳を囲んだのは、陽が落ちてからだった。一林斎と佳奈はむろん、冴も一人で外来の患者を診ていたのだから、疲れた表情になっている。

佳奈が椀を手にしたまま、

「よかった」

ぽつりと言った。一林斎と冴は、その意味を解している。

鍼と薬湯が、五郎助をこの世の激痛地獄から救ったのだ。

「トトさま、カカさま。わたし、鍼と薬草を、もっともっと勉強する」

さらに佳奈が言ったのへ、冴はそっと涙をぬぐった。

翌日だった。町内は八百屋の葬儀《とむらい》の準備で慌ただしかった。

「わたし、ちょいと行ってきます」

出かけようとしたのへ、

「わたしもっ」

と、療治部屋も忙しいのに佳奈は縁側から飛び下りた。大通り向こうの家具屋へ、産後のようすを診に行くのだ。難産だったため、一日に一度は診に行っている。きのうも夕刻近くに療治部屋を一林斎に任せ、診に行っていた。

街道に行列はなく、すんなりと横切ることができた。

「赤ちゃん、元気だよねえ」

佳奈は念を押すように言い、

「泣いていたら、わたしがだっこしてやる」

急ぐように、冴の手を引っぱった。

四

「佳奈お嬢、なんだか変わりやしたねえ」

昨夜の風ですこし傷《いた》んだ雨戸を修繕にきた留左が、患家へ薬草をとどけに出る佳奈の背を見送り、縁側で冴にぽつりと言った。家具屋の産後の肥立ちもよく、八百屋の葬儀も一段落つき、町は落ち着きを取り戻している。

「ええ」

肯是《こうぜ》するようにうなずいた冴に、

「さあ、これで開け閉めが元通りになりやした。あっしはこれで」

「留さん、あんた器用だねえ。うちも頼むよ」

帰り支度をはじめた留左に、待合部屋にいた腰痛の隠居から声がかかった。

「おう。いつでも行きやすぜ」

応えた留左はふところの包みを手で確認し、いくらか寂しそうな表情だった。

すっかり〝お嬢、お嬢〟と呼ぶようになっているものの、まだ十三歳というのに佳奈の立ち居振る舞い見ていると、もう以前のように〝佳奈ちゃん〟とは呼びにくい。

そこに留左は寂しさを感じているのだ。

「さあて、長屋でごろりはもったいねえし、柳原でちょいと手慰みで」

と、冠木門を出ようとしたときである。

午《ひる》にはまだすこし間のある時分だった。

「おっとっと。すまねえ！」

「おうっ」

外から走り込んで来た男とぶつかりそうになり、双方とも身をかわしたが、

「痛《いて》てててっ」

男は走って来たうえに不自然に足をひねったか、その場に足の裏を抱えるように崩

れ込んだ。

「おめえっ、足曳《あしび》きのっ。またかい。ざまあねえぜ」

「う、うるせえ。それよりも、せ、先生！」

岡っ引の藤次だ。尻餅をついたまま足を抱え込み、藤次は叫んだ。近ごろ藤次のこむら返りは鳴りをひそめ、発症しても自分で揉んでいるうちに治るほど軽いものとなっている。いまもその程度だが、発症しているときは足が痛さとともに引きつり立っていられなくなる。

療治部屋からも待合部屋からも顔がのぞく。

冠木門のところでは、

「足曳きの、ざまあねえが、なにか事件かい」

「そ、そうよ。犬だ！　お犬さまっ」

「なに！　病犬《やまいぬ》かっ」

一林斎が縁側から飛び下りてきた。

霧生院の庭は騒然となった。

藤次は地べたで足を抱え込んだまま、

「かも知れやせん。子供が一人、咬まれやして」

「なに！」

一林斎はしゃがみ込むなり藤次の足の裏を、

「痛てて」

引きちぎるようにつかみ、

「留！　行けっ」

「へい。足曳きの、どこだ」

「土手」

「柳原か。そこのどこだっ」

「ひ、火除地《ひよけち》から入ってすぐだ。行きゃあ分かる」

「おう」

走りだした留左に一林斎は、

「持っているなっ」

「へいっ、ここに」

留左はふり返ってさきほど確認したばかりのふところを叩いた。

「——へへん。町のためでさあ」

と、留左は憐み粉を常時ふところに忍ばせるようになっている。撒き方も、冴や佳奈から特訓を受け、その器用さは一林斎も認めている。

「佳奈、おまえも行け」

「はい」

佳奈は冴から渡された薬籠を抱え、庭下駄をつっかけ冠木門を走り出た。

須田町から大通りに出れば、神田川に架かる筋違《すじかい》御門前の火除地は目の前だ。広場のようになり、さまざまな出店や大道芸人が出てにぎわっている。そこから古着屋や古道具屋が立ちならぶ柳原土手は、神田川が大川（隅田《すみだ》川）へ流れ込む手前の浅草《あさくさ》御門まで、十六丁（およそ一・八粁《キロ》）にもわたってつづいている。留左が野博打を打つ格好の遊び場だ。

留左は火除地の広場を駈け抜け、土手のにぎわいのなかに走り込んだ。

藤次の言ったとおり、両脇に小屋掛けのような簡易な商舗《みせ》がならぶなかを一丁（およそ百米《メートル》）も行かぬうちに、

「おう、あっちだ」

「まだ睨み合ってるってよ」

往来人らが走り、その先に人垣の一群が見えた。

「どけどけいっ」

留左は人垣をかき分け、囲みの中へ躍り込んだ。

「おっ、おめえ。イカ焼きの父《とっ》つぁん！」

いつも決まった場所にイカ焼きの屋台を出している男だ。夫婦で店をやっている。

佳奈も以前は、町内の遊び仲間と一緒に来て買い、川原に下りて食べたりしていた。

当然この一帯をいつも徘徊《はいかい》している留左とも顔見知りだ。

「父つぁん！　おめえっ」

事態は一目で分かり、驚愕に足がすくんだ。

おやじは顔面蒼白となってかなり大きな野良犬と向かい、薪《まき》を手に身構え、もう一匹が動かず、口から血を吐き足元に横たわっている。おやじの背後には、五歳くらいの男の子が着物の袖を喰いちぎられ、恐怖に顔をひきつらせ、母親に抱きしめられている。

その周囲を近くの商舗《みせ》の者たちが、莚《むしろ》で犬とイカ焼き屋の一家を囲み、水桶を持った者もいる。これではイカ焼きの親子は助からない。

莚や水桶の面々も蒼ざめている。すでに一匹、殺しているのだ。おそらく野良犬がイカ焼きを持った男の子に飛びかかったのを、おやじがとっさに薪で脳天を打ち据えたのだろう。

「やいやいやい、てめえら。そんなんで犬が追っ払えるかい」

留左は莚の囲みの中へ割って入った。

「おぉ、留さんだ」

声が飛ぶ。土手で留左が犬を追い払うのは、これが初めてではない。撒いた。さりげない所作だった。衆目は留左の啖呵《たんか》に気を取られ、手までは見ていない。

イカ焼きのおやじに向かって唸っていた犬は急におとなしくなり、くんくんと地面を嗅ぎはじめた。

「さあさあ、おめえら。散りやがれ」

さらに離れたほうへ撒いた。犬がそのほうへ鼻を鳴らしながら、それにくしゃみをくり返しながら進み、莚と水桶の衆も犬を囲むようにイカ焼きの屋台から離れた。犬が懸命にくしゃみをする仕草を嗤《わら》っている者もいる。それだけ莚や水桶の衆に余裕ができたのだ。

そこへ、

「どこ、どこ、どこ」

佳奈が走ってきた。

すかさず母親に抱きすくめられている男の子を見つけ、

「大丈夫？　どこを咬まれたのっ」

しゃがみ込み、男の子の腕を取った。袖を喰いちぎられただけで、咬まれてはいなかった。

留左は犬の近くに歩を進め、

「さあ、みんな。もう放っておいても大丈夫だ。みょうにかまったりしやすと、余計に危ねえですぜ」

「おぉ、さすが留さん」

また声が飛ぶ。

冠木門の前で、藤次の足は一林斎の手技ですぐ治ったようだ。

二人そろって走り込んで来た。

「おっ。おめえ、殺《や》りやがったか」

横たわっている犬に藤次の目が行った。

周囲は緊張し、イカ焼きのおやじは蒼ざめたままただ茫然となり、全身を小刻みに震わせている。無理もない。野次馬たちも立ちすくみ、

（死罪！）

誰もが脳裡に走らせているのだ。

藤次は野良犬二匹がイカ焼きの屋台を狙いはじめるなり、

「――いかん!」

と、須田町の霧生院に走り、その後の経緯は知らない。

現場を離れた藤次の措置は、皮肉にも正解だった。犬が子供に飛びかかったとき、岡っ引がすぐそこにいたのではおやじは薪を振り上げることなどできず、子供を抱きかかえ自分が咬まれる以外、逃れる術はなかったろう。あるいは素手で助けに入った者も咬まれ、犬は興奮し凄惨な場面になっていたかもしれない。

いまその場は、すべてが硬直している。

「藤次さん、ここはおまえさんに任すぞ」

一林斎は苦無を手に、犬と留左のほうへ人をかき分けた。

ほっと息をついた。

犬のようすから、病犬《やまいぬ》ではない。

背後に藤次の声を聞いた。周囲にも響きわたる大きな声だった。

「おう、皆の衆。見てみなせえ。この犬は誰のせいでもござんせん。なにやら病気で死んだようだ」

十手で手の平をぴしゃりぴしゃりと打ちながら言っている。

「あっしからそのように自身番に報告し、死体をかたづけさせておきまさあ。余計なことを言うお人がいたなら、この十手の見立てに逆らうやっとして、あっしがお相手いたしやすぜ」

「おおぉぉ」

声が上がり、周囲の硬直は溶けた。

さらに犬の死骸のところへ戻ってきた一林斎が、

「ふむふむ。これは明らかに自然の死に方だ。間違いない」

その場には、あらためて安堵の空気がただよった。

留左と藤次が加わり、霧生院の居間でかなり遅れた中食《ちゅうじき》を摂っている。藤次が霧生院の居間に腰を下ろすのは、これが初めてだ。

一人ひとりの膳にはイカ焼きが載っている。話題はむろん先ほどの件だが、終わりかけたころ、

「先生、また肩に鍼をお願いしますじゃ」

と、縁側から待合部屋に町内の隠居が上がってきた。

声が居間にも聞こえる。

「門の外に、みょうな見知らぬ男が、中をのぞいておりましたじゃよ」

「えっ」

藤次が立ち上がり、急いで玄関から外に出た。

すぐに戻ってきた。

庭に一林斎も出ていた。

「どうだった」

「影もかたちも」

「ふむ」

一林斎はうなずき、待合部屋の隠居に声をかけた。

「どんなお人だったね」

「笠をかぶり、風呂敷包みを背負い、杖を手に古着の行商だった。あんたもどこか悪いのかねと声をかけると……」

「――いや、その。古着のご用はないかと」

男はすこしあわて気味になり、そそくさと冠木門の前から離れたという。行商人が杖を持っていても不思議はない。足の休めにもなるし、荷が少なくなれば杖に結んで肩に担いだりもする。

「声をかけると逃げ出すなんざ、空き巣狙いには見えなかったがなあ」

と、隠居は首をひねった。

庭に立ったまま、一林斎と藤次は顔を見合わせ、

「あっしはさっそく奉行所へ」

「ふむ。儂も気になる。なにか判れば、すぐ知らせてくれ」

「へい」

その場から藤次は冠木門を出た。

奉行所の手の者がさきほどの柳原土手にいたのか、それを確かめに藤次は奉行所に急いだのだ。隠密廻りの杉岡兵庫に訊けば、すぐ判るだろう。もし奉行所に報告が入れば、関わった者すべて一蓮托生だ。

これを機に、居間での昼の膳はお開きになり、

「また出直して来まさあ」

と、帰ろうとする留左を一林斎は玄関で呼びとめ、

「なにか変わったことがあれば、すぐ知らせてくれ」

「へい。もちろん」

と、留左は土手での野博打より長屋のほうへ戻った。

霧生院もいつもの療治の時間に入ったが、

(まさかとは思うが)

一林斎の脳裡から、隠居の言った〝みょうな行商人〟が離れなかった。

一度帰った留左が、

「先生よう」

と、また霧生院の冠木門をくぐったのは、ほんの半刻(およそ一時間)ばかりを経たころだった。陽はまだ西の空に高い。

療治中の患者を冴と佳奈に任せ、居間のほうから一林斎は留左を呼んだ。

「おや、留さん。こんどは奥の修繕かい」

待合部屋から声がかかる。留左はすでに霧生院の下働きのようなものだから、奥に入っても訝《いぶか》る者はいない。

「どうした。なにかあったか」

一林斎は声を低めた。なにしろ死罪に相当する犬殺しを、衆目の中でなかったこととして処理したのだ。

「来やしたぜ、杖を持った古着の行商が。それがやはりみょうなんで。感じからすりゃあ、伊太公には悪いが、ほれ、肩が凝ったときどきここへ来る印判の伊太どんに似た感じで。いえ、顔じゃありやせん、雰囲気が。そうそう、雰囲気といやあ、際物師のロクも似ていまさあ」

「ほう。で、どこがみょうなんだ」

「それがさあ、古着を売りに来たんじゃなくって、土手であのとき、あっしがなにやら撒いたのを憐《しか》と見たなんてぬかしやがるもんで、強請《ゆす》りに来たかとちょいと焦りやしたぜ。ところがその逆で。あのなにやらはなにかとひつこく訊きやして、おまえが調合したのか、そうでなきゃどこで手に入れた、近くで調合しているところがあるのかと。タダとは言わねえ、自分も欲しいなどと、高飛車に出たり頭を下げたりと」

「で、どう応えた」

「そりゃあもう、ご法度の品で、霧生院《こ》だと話すわけにゃまいりやせんでがしょ。あんまりひつこいもんで、心張棒《しんばりぼう》を振り上げ、追い返しやした。ま、そういうわけで、もう一度、土手を見てきまさあ」

と、やはり野博打の手がうずくのだろう。

「ほどほどにな」

「へえ」

留左は恐縮したようにぴょこりと頭を下げ、部屋を出た。

「うーむ」

居間で独り、一林斎は唸《うな》った。

見られていた。ならば、犬がしきりにくしゃみをするのも見たはずだ。そこで霧生院まで尾《つ》け、岡っ引と分かる藤次より、〝なにやら〟を撒いた留左のほうに目をつけた。

だがそれだけで、紀州藩の憐み粉を知っている者とはまだ決めつけられない。

思ったより早かった。足曳きの藤次がふたたび霧生院の冠木門をくぐったのは、その日の太陽が沈む前だった。隠密廻り同心の杉岡兵庫が一緒だった。犬の件のあと同心姿で訪《おとな》ったのでは悪いと気を遣ったか、得意の職人姿を扮《こしら》えていた。

きょう最後の患者が帰り、冴は台所に入り、待合部屋に佳奈が書見台を据え薬草学の書を音読しているときだった。

「佳奈。そのままつづけていなさい」

佳奈に声をかけ、杉岡兵庫と藤次を縁側から療治部屋へ招じ入れた。話は佳奈に聞かれてもいい内容のはずだ。

冴がお茶を用意し、すぐ退散した。

「先生、困りますなあ」

杉岡兵庫が開口一番に言った。

かたわらで藤次が胡坐《あぐら》ながら首をすぼめている。

「公然とやるにも……」

ほどがあると言うのだ。

もっともな話だ。

「――おまえに常時、十手を持たせているのは、町でお犬さまに難渋している者がいたなら、秘かに処理するためだぞ」

と、杉岡は藤次を叱りつけたようだ。むろん〝秘かに処理〟とは、秘かに見逃してやることだ。だが、きょうのは度が過ぎた。

板戸が開いた。佳奈だ。器用なもので、書籍を音読しながら隣の部屋の声にも聞き耳を立てていたようだ。もちろん佳奈も、杉岡兵庫が北町奉行所の隠密廻り同心であることは知っている。

つかつかと療治部屋に入り、杉岡の前に端座するなり、

「間違っているのはご政道のほうです。わたくしたち、難儀している人を救ったのです。もしあれが病犬だったら、どうなりますか。命にかかわることです」

「ほぉう、佳奈お嬢！」

と、杉岡兵庫も思わず〝佳奈ちゃん〟ではなく〝佳奈お嬢〟と呼び、面喰らった表情になった。これには一林斎も驚いた。難産だったが生まれた家具屋、静かに死なせた八百屋と、対照的な二つの場面に直接立ち会った影響かも知れない。療治部屋のようすにそっと出てきた冴も、

（まあ）

と、驚きを隠せなかった。

「しかしなあ、佳奈お嬢。世の中には心に思っても、言ってはならぬこともある。そこを分別されよ」

「でも……」

杉岡の言葉に佳奈は不満そうだったが、それはやはりまだ十三歳の娘だからであろう。その点は向後、冴と一林斎が注意しなければならないところだ。

佳奈はそのまま端座しつづけ、杉岡は話を前に進めた。佳奈を一人前の女として認識したようだ。

「北町も南町も、奉行所は密偵をこの界隈には出しておりませぬ。定町廻り同心からも町々の自身番からも、お犬さまに関わる事案は上がって来ないからです」

佳奈は得意げだった。

「もしこのあと、きょうの現場に居合わせ密告《さ》す者がいて、奉行所に事件として上がってきたなら、藤次の啖呵じゃありませんが、それがしがなんとかいたしましょう」

話はそれだけだった。杉岡兵庫はきょうの件で藤次を叱るとともに、一林斎にもひとこと言っておきたかったのだろう。

安堵すべきことだが、一林斎には新たな苦悩がすでに生まれている。

（奉行所の者でないなら、やはり）

留左に目をつけた古着屋は、兵藤吾平太の差配する薬込役か……。それとも藩邸の横目付か……。

その夜、

「ここを見破られたかも知れぬ」

一林斎と冴は淡い行灯の中に話し合い、冴は言った。

「それよりもきょうの佳奈、まるで源六君の生き写しのようでした。なにやらそのほうが、わたしには恐ろしゅう……」

一林斎は無言でうなずいていた。

五

屋敷外にいて自由に身動きのとれるイダテンにもロクジュにも、つなぎは取らなかった。

（来るなら早く来い）

一林斎は念じている。

イダテンとロクジュに霧生院の周辺を見張らせ、あの古着の行商人がまた来たならあとを尾ければ、その者の素性が分かるかもしれない。だが、顔を見知った薬込役ならどうなる。先に見つけられ、逆に江戸潜みの陣容が〃敵〃に知られることになる。

「――しばらくは、われら二人で」

冴と話し合ったのだ。

その日は早く来た。柳原土手での騒ぎがあってから三日目だった。対手《あいて》の出てくるのを待つ身には長い三日間だった。

午《ひる》すこし前に、鍼療治に来た町内の干物屋の婆さんが、

「いま家《うち》に古着の行商さんが来ていてね。嫁に、この町じゃお犬さまの騒ぎがないって聞いたが、どうしてだってひつこく訊くのさ。まだ訊いているんじゃないかねえ。そりゃあもちろん、わしも嫁もなあんにも言わんさね。まだ若いのに杖なんか持って、そうとうあっちこっち歩いているんだろうねえ」

間違いない。留左を遣《や》って面通しさせればさらに確実なのだが、あいにく朝からどこかへ出かけているようだ。

第二報は午過《ひるす》ぎだった。向かいの大盛屋のおかみさんだ。庭に入ってきて、

「さっきさあ、変なお客が来たよ。古着の行商さんだけどね、向かいの療治処の家族は幾人かって。女の子をいれて三人だと言っておいたがね、古着を売りたいの買いたいのって来なかったかい」

第三報は、冴だった。その者は、若くて杖を持っていたという。

太陽が西の空にいくらかかたむいた時分だった。日当たりがよく、寒くはない。待合部屋の爺さんや婆さんも出てきた。

薬草を縁側に干し、そのまま薬研《やげん》を挽いていた。

開け放した冠木門の外を、杖を持ち風呂敷包みを背負った若い行商人が、中を覗《うかが》

いながら通らないか、さりげなく目を配っていたのだ。

通った。二度、三度……。追わなかった。自然体を装《よそお》ったのだ。尾《つ》けても午間《ひるま》なら塒《ねぐら》に帰らず、得るものはないだろう。それよりも普段どおりの姿を見せるのは、逆に〝敵〟を誘い込む最良の策となる。

夕餉の膳で、佳奈がちょいと席をはずしたとき、

「今宵、来るな」

「おそらく」

一林斎と冴は感触をつかんだ。

留左が薬込役の潜みとは思えない。藤次は岡っ引で身元に不審なところはない。ということは、この療治処から憐み粉が出てきたなら、間違いなくここが薬込役……江戸潜みの本拠……そう確定できる。

盗賊がいずれかへ押し入るとき、かならず前もって下調べをする。忍法もそこに変わりはない。

そのときの策も、二人は定めた。

〝敵〟は行商人一人のようだ。犬への妙薬の聞き込みも、霧生院の下調べもすべて一人でやっている。人数があれば、そんな危険なことをするはずがない。

日暮れが待ち遠しい。

夜になり、行灯の灯りを吹き消した。

そこからまた時間が長く感じられる。

来るなら町々の木戸が閉まる夜四ツ（およそ午後十時）までだろう。むろん木戸が閉まっても、薬込役なら容易に乗り越えられる。だが、木戸番に見とがめられる危険がある。一仕事を終えて帰るときはともかく、危険を最小限に抑えるのは、盗賊も忍びも変わりはない。

薬込役なら、冴が外出に所持する小型の苦無《くない》があれば、潜《くぐ》り戸《ど》ならすき間に差しこみ小桟《こざる》を外すのは容易だ。開けた痕跡も残さない。雨戸一枚も苦無一本で、音もなく外すことはできる。帰りに元どおりにしておけば、やはり痕跡は残らない。

暗い居間で、一林斎と冴が息を殺している。

準備はできている。

そろそろ夜四ツの鐘が聞こえてくる時分だ。

二人は闇の中に顔を見合わせた。

気配が……。

冴は部屋に残り、一林斎は裏庭から玄関脇に出た。

冠木門の潜り戸が外から開けられた。

絞り袴の黒装束だ。黒い布で頰かぶりまでしている。

おぼろ月で、かすかに影が見える。

玄関脇で、一林斎はいっそう気配を消し、

(間違いない)

確信を持った。潜り戸は、苦無か釘での開け方だった。

素早い。潜り戸を内から閉めるなり、庭を雨戸の前まで音もなく走った。

雨戸の前にうずくまった。

動かない。

聞こえてきた。捨て鐘が二つ、そして四つ。夜四ツの鐘だ。町々の木戸に、閉める音が立っていることだろう。大通りから須田町に入る通りにも木戸がある。

まだ動かない。雨戸越しに、中の気配を窺《うかが》っているようだ。

寝静まっている……そう判断するはずだ。

鐘の音から小半刻(およそ三十分)も経たろうか。ようやく黒装束の影が動いた。

果たして苦無を雨戸の溝に差し込んだ。

手練《てだれ》のようだ。すぐにほんのわずかな音で雨戸一枚を外した。

影は草鞋《わらじ》を脱ぎ、中に消えた。廊下に足跡も残さないだろう。違《たが》わず療治部屋に入ったようだ。町で昼間、療治部屋と待合部屋の間取りを訊いたのだろう。

目的は分かっている。近寄るのは危険だ。玄関脇の陰で待った。

手探りで室内を物色しているようだ。

なかなか出て来ない。ここでも時間が長く感じられる。

壁際に薬草棚と薬簞笥《くすりだんす》がある。薬簞笥の一番下の抽斗《ひきだし》に、握りこぶしほどの布袋に収めた憐み粉が十袋ほど入っている。普段は奥の衣装簞笥にしまっているのだが、今宵は特別である。わざわざおもての薬簞笥に移しておいたのだ。

小半刻は要したであろうか。ようやく影が雨戸から出てきた。落ち着いている。狙いの憐み粉を見つけたようだ。薬込役なら、手の感触とにおいで分かるはずだ。

草鞋を履き、ふたたびほとんど音を立てず、雨戸をもとに戻した。素早い。冠木門の潜り戸の前にかがみ込むなり影は外に消え、潜り戸は閉まりコトリと小栈の落ちる音が聞こえた。

一林斎の身が躍《おど》った。いつもの地味な軽衫に筒袖、腰には大型の苦無を提げ、ふところには革製の鍼収《はりおさ》めと貝殻に入れた少量の安楽膏、それに雪駄《せった》が入っている。いま足は足袋跣《たびはだし》だ。雪駄は人に出会ったときの用意だ。深夜に灯火を持たず足袋跣では盗賊である。

潜り戸を出た。

大通りのほうへ走る影が見えた。留左の目もなかなか大したもので、影はイダテンやロクジュたちに似た身のこなしだ。

木戸を乗り越え、影は火除地のほうへ走った。

一林斎も木戸を乗り越え、あとを追った。

冴は居間で、療治部屋から気配が消えるのを待ち、着物で覆っていた行灯から手燭に火を取った。佳奈が目を覚まさぬように、そっと療治部屋に向かった。

療治部屋に物色された痕跡はない。

（さすが）

感心し、薬簞笥の一番下の抽斗を開けた。なくなっていたのは一袋だけだった。これなら数を確かめて入れていなかったら、盗られたことに気づかないかもしれない。泥棒の痕跡はなにもないのだ。そこにも感心しながら、冴は居間に戻った。

（おまえさま）

一林斎の無事と策の成就を念じた。

六

おぼろ月に、動く影が確認できる。

足音は聞こえない。

(やはり手練)

追いながら思えてくる。

第一の策は影を追い、塒《ねぐら》を突きとめ素性を探ることであった。第二策は、感づかれた場合だ。葬り、憐み粉を奪い返す……。

影は、広く暗い空洞の底を駈け抜け、柳原土手に入った。さきほどの火除地もそうだったが、昼間にぎわっているだけに、両脇に戸を閉じた小屋掛けの黒いならびがかえって不気味に感じられる。

走っている。川原に出ないのは、足元の危険を考えてのことであろう。尾いて走りながら、ふと不安に襲われる。音はないにしても、土手にいま動いている影は〝賊〟と一林斎の二人だけである。

（手練なら、なぜ気づかぬ）

間合いは見失わないように五間（およそ九米）ほどしかとっていないのだ。

第一策は、すでに崩れていると思わねばならない。

〝賊〟は仕掛けてこようか。

小屋掛けの脇に飛び込み、戸惑った対手に不意討ちを……。

（儂《わし》ならそうする）

だが、その気配はない。ひたすら〝賊〟は走っている。

「おっ」

飛び込んだ。小屋掛けと小屋掛けの路地だ。

（その手は喰わぬぞ）

一林斎もすぐ脇の路地に走り込んだ。逆に〝賊〟の背後を襲う算段だ。

柳原土手の通りは、小屋掛けの商舗《みせ》がならぶ裏手はすぐに草地とゴロタ石の川原となり、そのさきに神田川が流れている。

草地はこの季節、枯草となっている。

それを踏む音が聞こえる。

〝賊〟は尾けている者に不意討ちを仕掛ける算段ではなかったようだ。

川原をつまずかぬよう、なおも走っている。枯草とゴロタ石では、音の立つのは仕方がない。一林斎も音を立て、

（おっ、ここは）

気づいた。柳橋《やなぎばし》の手前だ。

お忍びで柳原土手から両国広小路を散策した源六を、病犬を巧みに使って混乱のなかに討ち取ろうとした式神たち……庄兵衛《しょうべえ》、連次郎《れんじろう》、市太《いちた》……らを返り討ちにした川原だった。あのときは、冴の機転が目立った。神田川は柳橋の下をくぐったところで大川にそそぎ込んでいる。水音が聞こえる。

橋脚の近くに、一面の灌木《かんぼく》群がある。

枝木の激しく擦れる音が聞こえた。〝賊〟は灌木群に飛び込んだのだ。

一林斎は仕掛ける機会を失った。大人の腰ほどしかない灌木の群れで、葉は立ち枯れのように落ちていても、夜とあっては動かぬ限り居場所はつかめない。

ゴロタ石に片膝を立て、身を低くして〝賊〟の意図を窺った。出方によっては、一呼吸の猶予さえないかも知れない。意を決し、素早く苦無の先端に安楽膏を塗った。わずかでも致死量となる。

数呼吸の間合いだった。

ふたたび枝木の擦れる音が聞こえた。

「おっ」

飛来する。

――キーン

硬い金属音が水音に混じった。

苦無で撥《は》ね返したのだ。

一林斎にはそれがなんであるか、手に伝わった感触から分かった。飛苦無《とびくない》……潜り戸を開け、雨戸を外した、あの小型の苦無だ。

金属音に転瞬、枝木の音がつづいた。さらにゴロタ石の音が……。

〝賊〟は灌木群から飛び出ていた。

同時だった。ふたたび金属音が……。

両者の動きはとまった。

互いに対手の荒い息遣いを感じている。

「お見事」

「おぬしこそ」

共に力のこもった声だ。

対手が打ち込んだ逆手持ちの直刀を、一林斎も苦無を逆手持ちに受けとめていた。身を寄せ合い、どちらの得物にも鍔《つば》はなく迫《せ》り合いの力くらべとなり、

「うーむむっ」

みょうに二人の呼吸は合った。

「えいっ」

同時だった。共に大きくひとっ跳び、うしろへ退いた。

互いに抜き打ちのかけられないほどの間合いが開いた。

対手は右手で直刀を逆手持ちに、左手に鞘《さや》を持っている。

やはり、杖は仕込みだった。

「うわっはっはっは」

逆手持ちの苦無を顔の前に構えたまま、突然一林斎は笑った。対手は確かに昼間の行商人だ。この灌木群の中で忍び装束に着替え、仕込み杖も隠していたか。その得物を取りに行商人は走り、一林斎は追いかけた。その姿が滑稽《こっけい》で、自嘲の嗤《わら》いだった。

行商人もそこに気がついたか、

「よくぞここまでなにも仕掛けず、見逃してくれた」

低く、皮肉のこもった声だった。おぼろ月に、互いの得物が確認できる。

表情はもとに戻り、行商人は言葉をつづけた。

「証拠は得た。江戸潜みの薬込役でござるな」

「いかにも。いずれにて儂に目をつけた。きょうの一件からではあるまい」

「犬だ。あの界隈にのみ、野良犬の騒ぎがないとの噂を聞いた。もしや紀州藩の憐み粉ではと探りを入れておったところ、柳原での事態に出合わした」

「ふむ。薬込役ならではの目のつけようだ。したが、なにゆえ江戸潜みを探る」

「知れたこと。綱教《つなのり》公より直《じか》に下知《げじ》されたゆえ」

「なんと！」

江戸潜みの洗い出しが、綱教公直々《じきじき》の下知とは……衝撃である。

「拝命は江戸藩邸で、か」

「むろん。国おもてで、俺にそうせいと命じたは、ご城代の布川又右衛門さま。ご城代の差配を受けよと命じられたは、城下潜みの兵藤吾平太さま」

「ううっ」

重なる衝撃に、一林斎は唸った。理はある。この者は、薬込役の本来あるべき差配のながれに沿って動いている。しかも、

(冥土《めいど》への土産に教えてやろう)

口調がそのように感じられた。

いくらか風が出てきたようだ。双方とも、隙あらば打ち込む構えは崩していない。

逆手の苦無を顔面に立て、一林斎は返した。

「おぬしらの動き、われら薬込役を割るものであるのを、考えたことはないのか」

「ふふふ。割っているのは、そちらさまではありませぬか。国おもての児島竜大夫さまに、江戸潜みの霧生院一林斎さま」

「ううっ」

「御名《おな》をきょう、町の者から聞いたとき、正直驚きました。霧生院さまが江戸潜みでござったとは」

言葉遣いが変わった。大番頭と戦国よりつづく甲賀の名門に、礼を示しているのだろう。

「ふむ」

一林斎はうなずき、

「そなた、名は」

「カシイ。江戸市中では、古着の源治《げんじ》」

「カシイ？　知らぬぞ」

「むろん。諸国潜みでありましたゆえ」

「いずれの？　して、そなたの仲間はいかに」

「霧生院さま、詮無《せんな》い問いを……。したが、江戸潜みの端緒を得たものの、かくなる仕儀になるとは。御免くださりましょうっ」

カシイはゴロタ石を蹴り前面に飛び込むなり、逆手に持った直刀の切っ先を上から下へ斬り下げた。同時に飛び込んだ一林斎は、

──キーン
肩のあたりで防ぎ、左右入れ替わった二つの影は二度おなじ動作をくり返し、双方もとの位置に戻り身構えた。その対峙のなかに、

「ううっ」

声を上げたのは一林斎だった。脾腹《ひばら》に熱いものが走ったのだ。

（さすが）

感じた。

カシイも同様だった。首筋に赤い線が走り、

「うううっ」

血が滲み出ている。

一林斎の脾腹にも血が滲み、痛みが込み上げてくる。

「カシイ、感じぬか。薬込役なら、知らぬはずはあるまい」

「うっ。こ、これは」

「さ、さよう。安楽膏だ」

一林斎は構えを解き、痛む脾腹を押さえた。

「い、いつの間に。最初から、命のやり取りを想定……？」

「いいや。おまえが灌木に飛び込み、出てくるまでのあいだよ」

「うーむ」

不思議に息が合ったのはこのせいか。カシイも憐み粉を盗み出すまでは、対手を殺すことなど考えてもいなかった。尾けられているのに気づいたときから、

（斃《たお》さねば）

思い、仕込み杖を隠した灌木の中に飛び込んだのだ。

手足の筋肉が弛緩《しかん》していくのを感じる。このまま痛みも息の詰まる苦しみもなく、小半刻も経ずして死に至る。だから安楽膏であり、薬込役秘伝の毒薬である。

カシイの身が、ゆらりと揺れた。

「訊きたい」

「なんなりと」

これこそ冥土への土産となろうか。

カシイはもつれかけた舌を懸命に動かした。

「なにゆえ、児島竜大夫さま、霧生院一林斎さま、謀反など、お考え召された」

「謀反？」

一林斎はカシイの言葉に驚いたが、

（仕方あるまい）

思えてきた。カシイの行動に、薬込役として非は一点もないのだ。

一林斎は返した。

「綱教公は、松平頼方さまを、亡き者にしようとしておいでじゃ。われらは光貞公より、源六君をお護りせよと下知されておる。ゆえに、護る」

「う、う、う」

カシイは喉を鳴らした。すでに舌がまわらなくなったようだ。ただ一言、かろうじて言葉を絞り出した。

「そ、それで、薬込、役、は……」

あとはふらつく足を、仕込みの直刀をその場に落とし、水の流れのほうへ進めた。

「カシイ」

一林斎は低く名を呼び、追った。

水の流れに入った。

脛《すね》まで浸かり、さらに進んだ。

追うのではない。見守るように、一林斎も流れに入った。

――バシャン
音が立った。流れに倒れ込んだのだ。

柳橋を過ぎれば、そのさきは大川で江戸湾は近い。

「カシ、カシイ」

一林斎はつぶやいた。死体を残さない、忍びの作法だ。

（カシイ――）

惜しむようにその名を念じ、合掌した。しばらく、合わせた手が離せなかった。

岸辺に戻り、痛む脾腹を押さえ、灌木群の中を探った。カシイの飛び込んだところに、行商人の衣装と風呂敷包みがあった。

風呂敷包みはそのままに、カシイの着物を包帯がわりに腹へきつく巻き、仕込み杖を頼りに土手の通りへ出た。
血が地面にしたたらぬよう、気をつけた。
返す道が、追って来たときより、数倍も長く感じられる。
火除地から神田の大通りに入った。痛みが増す。
須田町の木戸が、乗り越えられるかどうか心配だ。
「おまえさまっ」
木戸の内側に、冴が迎えに出て来ていた。

三　眠れぬ夜

一

緊急事態である。

一林斎が深夜に手負いで帰ってきてから、十日あまりを経ている。午《ひる》をかなり過ぎているが、日没にはまだ間のある時分だった。日本橋北詰の割烹《かっぽう》で〝頼母子講《たのもしこう》〟が開かれていた。

「これでご一同、そろいましたね」

座を仕切るように言ったのは、なんと冴《さえ》だった。しかも冴は裾《すそ》をたくし上げ、手甲《てっこう》脚絆《きゃはん》に手拭を姉《あね》さんかぶりに、杖を持った旅姿で来ていた。もちろん、その旅装は解いている。

「向後《こうご》、誰が斃《たお》れようと、われら江戸潜みは機能しなければならぬ。きょうがその第一歩の演習と心得られたい、と宅《たく》が申しましたゆえ」

冴が言ったのへ一同は、

「ふむ」

と、得心のうなずきを返し、

（組頭《くみがしら》は、そこまで覚悟を決めておいでか）

思ったものである。川原での戦いが相討ち同然だったとあっては、その言葉には悲痛なほど説得力があった。

それに冴が国おもての大番頭《おおばんがしら》の娘であれば、この措置は一同の納得を得られるものであった。このとき冴は、一林斎がきょう来られなくなった、もう一つの理由は伏せていた。かといって〝向後、誰が斃れようと……〟は、決して言いわけなどではなかった。それもまた、一林斎の心底からの思いなのだ。いまはなにしろ、これまでのように藩の正当な指揮系統で動いているのではない。むしろ指揮系統の正当性は〝敵〟にこそあるのだ。

この日集まったのは冴のほか、

――下屋敷で隠居した光貞の腰物奉行をつづけている、小頭《こがしら》の小泉忠介

――上屋敷で中奥と奥御殿の使番《つかいばん》をしている、中間《ちゅうげん》姿の氷室章助
――赤坂の町場に住む、印判の伊太ことイダテン
――下屋敷で憐み粉の調合をしている、役付中間のヤクシ
――下屋敷のある千駄ケ谷の町場で、際物師《きわものし》を扮《こしら》えているロクジュ
の、例によって武士から中間、職人、町人と服装もまちまちの六人だった。中間姿の氷室とヤクシは、割烹の玄関を入ったときには、腰を折って下僕の風を扮えていたが、部屋に入ると一同胡坐《あぐら》の円座で背筋を伸ばしている。
部屋は冴が加わってなごやかになったのではなく、逆に目に見えない緊張の糸が張られている。これまでかくも一人ひとりが、深刻な表情を隠しきれない〝頼母子講〟はなかった。
もちろん衝撃は、冴がそっと木戸を開け、
「――おまえさま、これは！」
と、脾腹《ひばら》に血を滲ませた一林斎を、須田町の枝道へ担ぎ入れてからである。
さいわい傷は浅く、縫合するほどではなかった。刀傷の手当は冴も一林斎も手慣れたものである。
翌朝、佳奈が目を覚ますと〝父〟の一林斎が腹に包帯を巻き、〝母〟の冴が痛み止

めの薬湯を調合していたのだから、仰天したのは言うまでもない。

真夜中に裏庭の井戸に水を汲みに行って転倒し、井戸の枠で脾腹をしたたかに打ったからと冴は話した。

「――なぜわたしを起こさなかったのよ」

と、佳奈は頬をふくらませ、その日から台所の瓶《かめ》に水が入っているのを確認してから寝るようになった。

留左はまるで自分が水汲みをしておかなかったからとしきりに恐縮し、町内の住人たちも、

「――先生もやっぱり人の子、ひっくり返ることもあったかね」

「――ともかく大事にならずによかった」

と、つぎつぎと霧生院へ見舞いに来た。

それらのなかに、イダテンがおり小泉忠介がいた。一林斎がまず留左を赤坂に走らせ、見舞いに来て驚愕したイダテンがすぐさま千駄ケ谷に走ったのだった。

そのあとすぐに一同が集まったのではない。一林斎の快癒《かいゆ》を待つのもさりながら、集まるには探らねばならないことがいくつもあった。

「さあ、ロクジュさん。カシイさんの話を、もう一度みなさまに」

「へえ」

と町人姿のロクジュが身なりにふさわしい言葉で応じ、

「行商人から忍び装束に着替えたのが柳橋《やなぎばし》の近くだったというので、塒《ねぐら》もその橋の近くと目串《めぐし》を刺し、古着商いの源治どんということで找《さが》しやした」

刺しどころがよかったのか、みずからも古着の行商人を扮え、三日目に柳橋を北へ渡った平右衛《へいえ》門町《もんちょう》の裏長屋に〃古着の源治〃の塒を見つけた。一月《ひとつき》ほど前にいずれかから引っ越してきた独り者だという。

「──あぁ、ここ二、三日、帰って来ないねえ。どこへ？　知らないよ。あんたご同業さんなら、行きそうなところ知ってんじゃないかね」

逆に長屋の住人から訊《き》かれた。

「そのあとも〃源治〃につなぎを取る者がいないかと、平右衛門町に探りを入れようとしたのでやすが、そんなのがいたら逆にこちらの動きを覚られると思い……」

「そのとおりです。療治部屋で宅がロクジュさんに〃敵に覚られてはかえってまずいから〃と話したとき、わたしもそこにいました。で、ロクジュさん、きのうさりげなく行かれた結果は？」

「それなんでさあ。当然〃源治〃は帰っておらず、武士が一人、一度だけ訪ねて来たそうです。死体は大川から海に流れたか、どこにも上がっておりやせん。源治のカシイを使嗾《しそう》していたやつ、きっとまた平右衛門町に行くはずでさあ。できたら張り込んでそやつの面体を確かめてえんですがねえ。あとを尾《つ》けりゃあ、きっと帰る先は赤坂の上屋敷ですぜ」

「もう尾けるには及ばぬ」

言ったのは武士姿の小泉忠介だった。

「小泉さま、なにか心あたりでも?」

冴が小泉に視線を向けた。

一同の視線もそれにつづいた。いまは下屋敷に移ったとはいえ、藩邸内の動きを探れるのは小泉忠介のみである。

「はい」

小泉は返し、

「その武士とは、矢島鉄太郎《やじまてつたろう》でしょう」

「えっ、やはりあの人でしたか」

即座に得心する声を入れたのは、使番中間の氷室章助だった。

歳は綱教《つなのり》とおなじ三十四歳で、幼少のころより若さまの遊び仲間として学問も武術

も共にしてきた、綱教側近中の側近であり、

「いまの上屋敷での腰物《こしもの》奉行でござる。三日前に上屋敷で会いました。文武ともに優れている人物ですが、どうも落ち着きがありませなんだ。きっとカシイが消息不明となったためでありましょう。かといって、屋敷から探索方が町場へ繰り出したようすはありません」

「それではやはり、宅が判断したように、お屋敷にはまだ敵方の組織だったものはないということですね」

「はい。中奥と奥御殿のつなぎにも、変わったものはありません」

冴の問いに氷室章助が応え、小泉忠介が無言のうなずきを示した。ロクジュもヤクシも、得心の表情になっている。

「――なあに、目的が源六君殺害とあっては、たとえ藩主であっても、おいそれと藩邸内で実動集団を組むことはできまい。いまのところ、町場に出て動いているのは、カシイ一人であったろう」

一林斎は、見舞いに来た小泉忠介に言っていた。

その早い段階での見立てが、それぞれのもたらした報告から、ほぼ間違いないと一林斎は判断し、きょうの〝頼母子講〟を組んだのである。

さらにきのうの夜、再度和歌山へ走らせたイダテンが帰って来た。一林斎へのつなぎは文《ふみ》ではなく、前回とおなじく口頭だった。

「で、国おもての大番頭はいかに」

小泉忠介に訊かれたイダテンは、伺いを立てるように冴へ視線を向けた。

「宅は、昨夜イダテンさんが霧生院で報告なさったこと、すべてこの場でも話すようにと申しておりました。さあ」

冴は応《こた》え、イダテンに話すよう手でうながした。

「それでは」

と、胡坐のままイダテンは居住まいを正し、

「こんどもまた、とんぼ返りでやしたよ」

職人姿にふさわしい言葉遣いで話しはじめた。

国おもてで竜大夫は〝カシイ〟と聞いたとき、

「――うっ、そやつ」

と、うめくような声になり、

「――あの者なら、仕込み杖で一林斎の苦無《くない》と互角に戦っても不思議はない」

と、大きく息をついたという。そのカシイは、

「京潜みのせがれだとか」

「なるほど」

小泉が得心したように相槌を打ち、他の者もうなずいた。

なるほど一林斎をはじめ、江戸潜みの者に〝カシイ〟の名に心当たりはなかったはずだ。

諸国潜みに横のつながりがないのは、薬込役が厳格な縦割りの構造で動いているとともに、場合によっては潜みが潜みを探らねばならないこともあるからだ。まさしく現在《いま》が、その事態である。しかも、対手側のほうから仕掛けてきた……。

「大番頭は、いまのところ城代の布川又右衛門さまと城下潜みの兵藤吾平太どのにおもて立った動きはないが、秘かな工作は進んでいるようだと申され、とくに諸国潜みの者への浸透はかなり進んでいると見なければならぬ……と」

〝見なければならぬ〟よりも、すでに流血の事態が起きているのだ。

イダテンは言葉をつづけた。

「これより秘かに諸国潜みと布川さま、兵藤どのの動静を探り、薬込役のなかでカシイにつづきそうな者を洗い出し、頼方《よりかた》さまの江戸下向のときに動き出す陣容を調べておく……と。それに……」

ふたたび冴に目を向けた。

「さあ」

冴はまた話すように、手でイダテンをうながした。

イダテンは応じ、

「組頭が持ち帰られたカシイの仕込み杖ですが、それを秘かに上屋敷の門に立てかけておけ……と、大番頭が」

「これがその仕込みです。差配は小泉さまに任せる……と宅が」

冴が背後に笠と一緒に置いていた杖を手に取り、円座のなかへ示した。カシイを斃《たお》し、痛む脾腹をかばいながら帰ったとき世話になった杖だ。

「おぉお」

座に声が上がった。一同は、冴が旅姿で来た理由《わけ》をようやく覚ったようだ。まだ四十一歳という冴の年齢で、しかも年よりは若く見える身に、普段着で杖を持つのは不自然だ。旅姿ならおかしくはない。

一同から声が上がったのは、そうした冴の用意周到さに対してだけではない。

〝敵〟からの捕獲品、しかも武器を〝敵方〟に見せつける……。綱教《つなのり》もその腰物奉行の矢島鉄太郎も、そこでカシイが旧来の〝江戸潜み〟に殺されたことを知り、愕然とするだろう。

互いに全容のはっきりしないまま、国おもての児島竜大夫につながる江戸潜みの者が、新たな潜みに果たし状を突きつけたことになる。

味方の団結が図られるばかりでなく、〝敵〟も黙ってはいまい。江戸でも国おもてでも、江戸潜みの者を割り出そうと、同時に陣営を整えようと動き出すはずだ。それだけ〝敵〟の姿はつかみやすくなる。

竜大夫がそこまで考慮し、一林斎に下知したことを感じ取ったのだ。

それを冴が一同に話す。一林斎の不退転の決意が読み取れると同時に、思惑どおり江戸潜みの団結は強められ、

（たとえ主命によっても、切り崩されるものではない）

おなじ思いが、その場に充満した。

「それにしても冴さま。組頭はよくぞカシイなる僚輩《りようはい》を討ってくださいました。さもなければいまごろ、われらの陣容は〝敵方〟に知れ、つぎつぎと討たれていたかもしれませぬ。カシイなるは相当な手練のようす、討つのはさぞ断腸の思いであったでしょうなあ」

小泉忠介が言ったのへ冴は、

「宅もそう申しておりました。カシイどのは打ち込むとき一瞬、僚輩に刃《やいば》を向けるのをためらったのではないか。そうでなければ、儂《わし》は確実に負けていた……と。それに皆さまがた」

冴は一同を見まわし、

「これからの戦いはすべて僚輩との同士討ちになります。わたくしたちそろって心を鬼にせねばなりません」

「もとより」

即答したのは、これまで話す機会のなかったヤクシだった。周囲はうなずいた。さらに冴は、

「イダテンさん。肝心なことを一つ言い忘れているでしょう。さあ」

「あっ、そうだ」

冴がまた手で先をうながしたのへ、イダテンは思い出したように膝を打ち、

「主戦場は来春の頼方さま江戸下向の道中なれど、〝敵〟と判明すれば事前に各個撃破するも可なり……と」

「ふむ」

一同はうなずきを入れた。

二

一林斎に躊躇《ちゅうちょ》はなかった。

午《ひる》が近づき午前の患者が途切れたところで、

「さて。そろそろ行かねば」

と、大きく伸びをした。行かねばならぬとは、〝頼母子講〟を開く日本橋北詰の割烹である。佳奈には鍼灸《しんきゅう》医の集まりと言ってある。往診ならまた薬籠持でついて行くと言いだすからだ。

「佳奈、大通りで町駕籠を拾ってきなさい」

「はい」

冴に言われ、佳奈が冠木門を走り出たすぐあとだった。一林斎は、外からは見えないが、まだ包帯代わりに腹巻を巻いている。冬場でかえってよかった。日本橋まで町駕籠でゆっくりと行くつもりだった。

走り出た佳奈と入れ替わるように、中間を一人ともなった身なりのいい武士が冠木門を入ってきた。

療治部屋から見た冴が、

「あら？」

声を上げた。浅野家の片岡源五右衛門と一瞬思ったが、それほど若くはないというより、かなり年行きを重ねている風体だ。

冴は素早く庭に下り、

「どちらさまでございましょうか。ここは鍼灸の霧生院と申しますが」

「ふむ、霧生院であるな。近くで訊いたとおり、間違いなかった。そなた、ご内儀でござるか」

「はい」

「で、一林斎どのはおいでかな」

辞を低くして迎えたのへ、武士は鄭重に訊いてくる。片岡源五右衛門のような精悍《せいかん》さはないが、品のある礼儀正しい武士だ。

「はて？」

と、一林斎も療治部屋の衝立の奥から首を出し、庭を見ている。まったく知らない老武士だ。

「おぉ、これは申し遅れた。それがし、高家《こうけ》筆頭は吉良《きら》家の用人で、左右田孫兵衛《そうだまごべえ》と申す」

なんと吉良家の家老だった。これには一林斎も冴も驚いた。むろん二人とも顔には出さない。

吉良家といえば、紀州徳川家の親戚筋ではないか。紀州徳川家で唯一、安宮照子の腹になる為姫《えいひめ》が嫁いだのは、上杉《うえすぎ》家当代の綱憲《つなのり》である。その綱憲は吉良上野介《こうずけのすけ》の実子で、上杉家に養嗣子《ようしし》として入り、紀州徳川家から為姫を正室に迎えたのだ。さらに為姫の腹になる義周《よしちか》が吉良家に養嗣子として入り、いわば紀州徳川家と吉良家は、上杉家を媒体として深い血縁関係にある。ちなみに、この義周と松平頼方こと源六が、今年十五の同《おな》い年である。

「何用でござろう。左右田どのと申されたか。いたってご壮健のようにお見受けいたすが」

「おぉう、そなたが一林斎どのでござるか。診てもらいたいのはそれがしではござらぬ。わが主《あるじ》のほうでしてな」

「えっ、上野介さま！」

廊下に出て問いを入れた一林斎に、左右田孫兵衛は鄭重《ていちょう》に応えたが、これには一林斎も冴も心底から仰天した。今年の春に浅野内匠頭を診たが、あれは緊急時でのことだった。あくまでも霧生院は町場の鍼灸療治処であり、高家筆頭が来るようなところではない。

左右田孫兵衛は二人の顔色を読んだか、

「実は湯島聖堂の帰りでしてなあ。わが主が聖堂で息苦しさを訴え、神田の須田町は帰り道だからというて、霧生院《ここ》を指定されてのう。実は駕籠はもうそこまで来ておるのじゃ」

一林斎も冴も、湯島聖堂からの帰りと聞いて地理的条件は納得した。吉良家の屋敷は外濠《そとぼり》の呉服橋御門内にあり、なるほど湯島聖堂なら筋違《すじかい》御門前の火除地を道順にすれば、須田町の近くも通ることになる。

話しているところへ、佳奈が町駕籠を連れて帰ってきた。

「おっ。出かけられるのか」

「いや」

一林斎は詳しい事情の分からないまま、とっさに判断した。

(吉良上野介さまと懇意になれば、久女《ひさめ》どのの線だけではなく、屋敷外で綱教公《つなのり》に接するきっかけが得やすくなるかも知れぬ)

転瞬、庭に立っている冴と視線を合わせた。冴はかすかにうなずきを見せた。おなじことを考えたようだ。きっかけとは、網教に埋め鍼《うずばり》を打つ機会である。

「急に近くの商家で産気づいた人がおりましてな。出かけるのは家内のほうで」

「はい、そのとおりでして。左右田さま、失礼いたしまする」

「おぉう。そういえばおもての木札に〝鍼灸　産婆〟と記《しる》してあった。ご内儀が産婆を。おう、おう、それは大変じゃ。早う行ってやりなされ」

物わかりのいい老武士だ。冴は一礼し、

「用意がありますれば」

と、孫兵衛に一礼して玄関に走り込み、杖と風呂敷包みを持ってすぐに出てきて、

（なぜ吉良さまが霧生院《うち》へ？）

疑念を抱いたまま、

「さあ、駕籠屋さん。お願いします。日本橋のほうです」

「へいっ」

町駕籠は駕籠尻を上げ、かけ声とともに冠木門を出た。これが、日本橋北詰の割烹での〝頼母子講〟に、冴が一林斎に代わって出た、もう一つの真相である。冴が居間に戻り、急いで用意した風呂敷包みには、手甲脚絆と手拭が入っていた。日本橋の近くで町駕籠を捨てたとき、冴は旅装束になっているはずである。

冴が胸に残した疑念は、一林斎もおなじであった。ただ、左右田孫兵衛に訊けば分かるだろうと、深くは考えなかった。いまは吉良上野介をこころよく迎えることが肝要だった。

話が違っていることに佳奈は、

「えぇえ?」

怪訝な表情で見送ったが、

「さあ、佳奈。忙しくなるぞ。おまえが代脈《だいみやく》だ。その前に留さんを呼んでくるのだ。手が足りぬゆえ」

「は、はい」

佳奈は〝おまえが代脈〟と言われたことに張りきって、また冠木門を駈け出た。

一林斎はほっと息をついた。

『あれ、お出かけはトトさまでは?』

と、佳奈が言うのを一林斎も冴も恐れていたのだ。せっかくの好機を逃がしてはならない。二人の迅速な対応は、佳奈に問いを出させないためのものでもあった。実際佳奈は、急にお産の知らせがあって予定が変わったと思ったかもしれない。

「おぉう、おう。利発そうな、かわいい娘じゃ。霧生院《ここ》のお子のようじゃな。おぉ、わしのほうもじゃ。おい、一林斎どのはおいでじゃと供先《ともさき》の者に知らせてまいれ」

「へいっ」

お供の中間も返事と同時に冠木門を走り出た。

上野介なら親族であっても和歌山に行ったことはなく、当然ながら生前の由利を知らないはずだ。浅野内匠頭と同様、佳奈を出しても問題はない。

一林斎は左右田孫兵衛を縁側から療治部屋に招き入れ、

「吉良さまには、かようなむさ苦しいところでも大丈夫でござろうか」

「なんの、なんの。霧生院が町場の療治処であることは、殿は先刻ご承知のこと。実は紀州家の久女どのから勧められておりましてな。是非一度、試してみなされ、と」

「ほう」

一林斎はようやくさきほどからの疑念を払拭し、しからばと上野介の具合を訊いた。

「そのことじゃ」

孫兵衛は眉をひそめた。

湯島聖堂は論語好きの綱吉の肝煎《きもいり》で建てられ、ここによく江戸在府の大名たちを集めて論語の講義をしているのは広く知られている。

「――論語には、人間さまは犬畜生よりも劣るって書いてあるのかい」

などと、庶民は皮肉っている。

大名たちにとっても迷惑なことだった。独り悦《えつ》に入っている綱吉将軍の〝講義〟をしわぶき一つせず、長時間端座したまま聞いているふりをしなければならない。

招集されるのは大名ばかりではない。吉良家も高家筆頭とあっては毎回出なければならない。孫兵衛が眉をひそめたのは、そのためだった。

きょうもそれがあったらしい。午《ひる》近くになってようやく〝講義〟が終わったころ、上野介は吐き気をもよおし、意識を失いかけていた。

そのとき、まだ残る意識のなかで、

「久女どのから勧められていた霧生院を、思い起こされてのう」

一林斎の表情は、医家としてにわかに緊張の色を帯びた。上野介の歳を訊けば今年五十八歳で、しかも他の武家と異なり、日ごろの運動不足が想像できる。

(血瘀《けつお》……)

脳裡を走ったのだ。

聖堂には〝講義〟のあいだ、火の気はない。冷え込む中に長時間端座し、身動きしなければ若い者でも気血の停滞する血瘀に陥りやすい。

駕籠に乗れば、また窮屈な姿勢を取りつづけなければならない。駕籠には年寄りでも火鉢は持ち込まない。

嵩《こう》じれば、命にかかわる。

「急いでくだされ」

一林斎は孫兵衛を急《せ》かせた。

三

日本橋北詰の割烹では冴が手甲脚絆をはずし、

「――これでご一同、そろいましたね」

小泉忠介らを前に言っていたころであろうか。

霧生院の療治部屋では、

「うーむ。身が軽うなった気がするぞ」

うつ伏せになった上野介は満足の表情で言っていた。

吉良家の四枚肩《しまいかた》の権門駕籠には、陸尺《ろくしゃく》（駕籠舁《か》き）も含めて武士や中間など十五、六人のお供がついていた。

向かいの大盛屋からも応援が来てお茶の接待をし、留左が冠木門の前に立ち、鍼や灸の療治に来る患者たちに、

「すまねえ。いま高貴なお方の急患なんだ。あとでまた出直してくんねえ」

と、お引き取りを願っている。

どの患者も、町内か近くの町の住人で、庭に権門駕籠が停まっているのを見て、

「さすが、わしらの町の先生じゃ」

と、こころよく引き揚げた。

待合部屋には左右田孫兵衛をはじめ武士が入り、中間たちは縁側からも離れて庭の隅にたむろしている。

駕籠が着いたとき、上野介は意識も朦朧《もうろう》として蒼ざめ、自分で駕籠から出ることもできなかった。

即座に一林斎は血瘀と証《しよう》を立て、孫兵衛と両脇から抱えるように駕籠から出し、そのまま療治部屋に担ぎ込んだのだった。

佳奈は、以前にも浅野内匠頭が療治部屋に担ぎ込まれたことがあり、権門駕籠の患者でも臆《おく》することはなかった。気付けの薬湯を煎じながら、大小の鍼をつぎつぎと一林斎に渡すなど、忙しく代脈の役をこなしている。

気血の通り道で体中をめぐっている経絡《けいらく》の反応点となるのが経穴《つぼ》である。打つのをくり返した経穴もあれば、しばらく打ったままにしておく経穴もある。

蒼白であった上野介の表情にはすでに血の気が戻り、意識も正常に復している。

まだうつ伏せのまま上野介は、

「さすが久女どのが勧めるだけのことはある。世に埋もれた名医とは、そなたのことをいうのであろうかのう」

と、鍼を受けながら顔には満面の笑みを湛《たた》えていた。

「滅相もございません」

指圧治療を加えながら一林斎は、

「久女どのには、外出時のみの侍医にしていただいております」

「おう、そのことじゃ」

上野介は顔を上げ、一林斎のほうへ見返った。

「久女どのから聞いたが、照子さまの療治も幾度かしたとか」

「はい。増上寺へ参詣に行かれたときなど、療治をさせていただきました」

「うーむ。外出時の侍医のう。なるほど、なるほど」

上野介は得心した表情になり、すでに屋敷出入りの侍医がある場合、その格式など

から、町場の徒歩《かち》医者を新たにお目見えにすることの困難を知っているのか、

「外出時か。わしもそうさせてもらおうかのう」

「はっ。ご用命があれば」

このとき一林斎の心情は、吉良上野介を綱教に接近するための道筋にといった、作為的なものは超越していた。

(このお方なら、また血瘀になられれば、即座に駈けつけたい)

心底からそう思ったのだ。白髪まじりの茶筅髷《ちゃせんまげ》に穏やかな立ち居ふるまい……まさしく柳営(幕府)の高家筆頭というにふさわしい品格があった。

佳奈が薬湯を盆に載せて差し出したときも、

「おう、おう。いくつであろうかのう。なに、十三歳とな。うーむ、かわゆいうえに利発なお子じゃ。また世話になるかも知れぬゆえ、この爺《じい》の顔、よく覚えていてくだされよ」

「はい。吉良上野介さま」

佳奈もにこりとして応えた。

灸も据え、たっぷりと時間をかけた療治が終わりに近づいたころ、

「おっ、これはこの前のお武家さまにお医者の先生」

と、冠木門の前で留左が、精悍な武士と上野介に似た品のいい医者に辞を低くしていた。浅野家の片岡源五右衛門と侍医の寺井玄渓《てらいげんけい》だった。お供の中間も代脈もともなっていないところから、二人とも私的な訪《おとな》いのように思える。

外から庭を見た片岡源五右衛門が、

「ほう。なにやら高貴なお方がおいでのようだなあ」

「おっ、五三《ごさん》の桐《きり》。確か呉服橋御門の吉良さまが、あの紋所だったが」

玄渓も視線を門内に向け、権門駕籠の屋根に打たれている家紋を見て言った。

「へえ。その、高貴な……ええっと、高家とかなんとかでして。もうそろそろだと思いやすが」

この二人まで町内の住人とおなじように出直してもらうわけにはいかず、留左が戸惑っているところへ冴が帰ってきた。

「あっ、これは片岡さまに寺井さま。あれあれ、吉良さまはまだ中に？」

「へえ。そうなんで」

門内をのぞいた冴に、ほっとしたように留左は応えた。

とりあえず冴は片岡と玄渓には向かいの大盛屋で待ってもらうことにし、風呂敷包みを小脇に門内へ入った。杖はもう持っていない。飲食の店では、午《ひる》はとっくに過ぎ日没にはまだ間がある、一日で最も一息つける時分どきである。

まず待合部屋へ挨拶に顔を出すと、

「これはご内儀。お産はご無事でござったか」

左右田孫兵衛が言ったものだから、まわりの武士たちはえっといった風情で冴の腹のあたりに目をやった。孫兵衛はすぐに気づき、

「いや。この人はここの内儀でな。産婆もやっておいでなのじゃ」

「ああ、さようでしたか」

「もう、いやですよう、皆さまがた。それでは」

と、なごやかな雰囲気になったなかに、療治部屋へ入った。

上野介は佳奈が手伝い、ちょうど衣服をととのえたところだった。

「あ、カカさま。わたくし、最初から最後まで」

「おぉう、ご内儀でござるか。すっかり世話になりもうした。とくにこの娘御にはのう」

上野介は佳奈に微笑《ほほえ》みかけ、待合部屋のなごやかな雰囲気がそのまま療治部屋にも伝わっていたようだ。冴には、どんな褒め言葉よりも嬉しい上野介の言葉であった。

縁側に出て草履《ぞうり》を履くときも、腰を下ろしてから履くのではなく、上野介は立ったまま、よろけることなく庭石の上にならべられた草履に足を下ろした。このようなことは呉服橋の屋敷でもそうあることではない。その回復ぶりに孫兵衛はむろん、お供の武士も中間たちも目を瞠《みは》った。

駕籠尻は地を離れ、ゆっくりと冠木門を出た。一林斎も冴も外まで出て一行を見送った。

「吉良さま。お元気にいてくださいまし」

辞儀から頭を上げ、言ったのは佳奈だった。

「おうおう」

駕籠の中から老人の声が聞こえた。

権門駕籠の一行が角を曲がり、見えなくなると、

「おまえさま。お向かいに浅野家の片岡さまと寺井さまが」

「そう、そう。さっきから」

冴がその場で言ったのへ留左がつないだ。

「えっ」

一林斎が返したのと同時に、店の中でもおもての出立《しゅったつ》が聞こえていたか、片岡源五右衛門と寺井玄渓が暖簾を手で払い、出てきた。駕籠はもう見えない。このとき、寺井玄渓も、さらに浅野内匠頭の側用人《そばようにん》である片岡源五右衛門も、吉良上野介の顔を見ることはなかった。

「これはまた、お二人おそろいで」

と、一林斎は二人を門内に招き入れ、留左に、

「すまぬが留さん。もう少しここにいてくれんか。きょうはもう急患とお産以外は店じまいだ」

「いや、一林斎どの。それには及びませぬが」

玄渓は遠慮気味に言ったが、陽はかなりかたむき、普段でもそろそろ午後の患者の足が絶える時分だった。

「浅野さまに、またなにか出来《しゅったい》いたしましたろうか」

待合部屋に三人が胡坐《あぐら》で鼎座《ていざ》になっている。さっき佳奈がお茶を盆に載せ、持ってきたばかりだ。

「――片岡さま、寺井さま。お待たせして申しわけありません」

大人びて言う佳奈に、

「——おうおう。感心じゃのう。さっきはご内儀の代わりに代脈を?」

「——よき跡取りじゃ」

玄渓が言ったのへ、片岡源五右衛門もつないでいた。

その佳奈が部屋を出るなり言った一林斎に、

「事件にまでは至りませんでしたが」

玄渓が応じた。

一林斎は〝浅野さまに〟と言って、〝浅野さまのお体に〟とは言わなかった、内匠《たくみの》頭《かみ》の病が五臓六腑に関するものではなく、きわめて精神的なものであることを、今年の春に〝激昂〟をなだめたときから見抜いているのだ。

「さきほどお帰りになったのは吉良さまなら、聖堂からのお帰りでござろうか」

「そうですが」

片岡源五右衛門の問いに一林斎がうなずくと、

「実はきょう、わが殿におきましても、上さまのご講義拝聴に出向かれ、それがしも駕籠の供をしておりましてなあ」

源五右衛門は事情を話しはじめた。

その帰り道だったという。犬が出てきて駕籠のすぐそばで吠えはじめた。内匠頭はみずから駕籠の引き戸を開け、血相を変えた表情で刀を手に飛び出そうとした。

「それがしはすぐさま引き戸を閉め、供の者に駕籠を急がせましてな。もちろんお相手が殿であるから、無理やり押しとどめることもできず、いくらか手間取りました。その間に市井《しせい》に長《た》けた堀部安兵衛《ほりべやすべえ》なる馬廻《うままわり》の者が、すぐさま沿道の商家の者たちに頼んで筵や水桶を用意し、難を逃れた次第でござる」

「一林斎どのには、殿がなにゆえ激昂されたか、すでにお判りのことと思うが」

源五右衛門が言ったのへ玄渓がつなぎ、

「さりとて医者の私が毎回ご外出のたびに付き添えば、まるで浅野家の主は病気持ちなどと他家の者に思われますでなあ」

「そこでじゃ、一林斎どの。お隠しあるな、なにやら不思議な粉」

源五右衛門があとを引き取った。すなわち、憐み粉である。

「一林斎どの」

「うーむ」

玄渓が膝を乗り出し、一林斎は唸った。

なにぶん、紀州徳川家の極秘事項である。

しかしすでに、憐み粉ほど戦国忍者の胡椒《こしょう》玉を受け継いだ効果的なものでないにしろ、類似したものはあちこちで調合されている。それに親しい大名家には、紀州藩から秘かに製法が伝わっている。吉良家もすでに知っているかも知れない。

（浅野内匠頭のような主を持った家来衆にこそ、憐み粉は必要なのではないか）

思われてくる。

「くれぐれも秘密は守ってくだされ」

「おぉ」

待合部屋は瞬時、緊張に包まれた。片岡源五右衛門も寺井玄渓も、ことの重大さは心得ている。だから二人とも供は連れず、お忍びで来たのだ。

一林斎は冴と佳奈を呼び、さらに留左にはおもての冠木門を閉めさせ、一同は裏庭に集まった。

「こう、このように……」

佳奈が見本を示し、

「へへへ。近くに接近したときには……」

留左も撒いた。

一林斎が犬の呼吸の測り方を講釈するまでもなかった。さすが剣の心得が深い源五右衛門か、すぐさま間合いを会得し、玄渓も戦国から伝わる胡椒や唐辛子の加減に感

心し、

「他言は一切いたしませぬ」

確約し、

「殿にも、家中の者にも」

源五右衛門は刀の鍔《つば》に音を立てた。

陽が落ち、あたりは急速に暗くなりはじめていた。

四

霧生院では遅くなった夕餉を、

「さすがは片岡さまですぜ。あれなら実地を踏まなくても大丈夫でさあ」

と、留左もまじえて摂り、やがて佳奈は自分の部屋で寝床に入った。

「ふむ、それだ。早く聞きたかった」

と、声を低めた冴に一林斎は言った。

もちろん、冴も早く話したかった。

日本橋北詰の割烹での談合である。

「カシイどのの仕込み杖は、一両日中に小泉さまが……」

「ふむ」

一林斎は、重苦しい雰囲気のなかにうなずいた。

カシイの得物を、〝敵〟へ見せつけるように返す……。

重大な意味があるのだ。

それは実行された。

小泉忠介の言ったとおり、翌日の夜明けごろである。中間が屋敷の裏門に外から仕込み杖が立てかけられているのを見つけた。

立てかけたのは、おなじ中間姿の氷室章助である。

この日も、下屋敷から小泉忠介は首尾を探るため、上屋敷へ出かけた。

下屋敷のある千駄ケ谷からロクジュが霧生院に訪《おとな》いを入れたのは、その翌日の午すぎだった。

療治部屋で、

「小泉どのと氷室どのからです」

ロクジュは声を殺した。

きのうの朝、仕込み杖は屋敷の横目付から腰物奉行の矢島鉄太郎にも伝えられた。矢島は直接手に取った。

「――誰かのいたずらではないのか」

なにくわぬ顔で、横目付に言ったという。

そのあとすぐ矢島は出かけた。

氷室章助から緊急の連絡を受け、イダテンがあとを尾けた。矢島鉄太郎が足を運んだのは、柳橋を北へ渡った平右衛門町の長屋だった。ロクジュが突きとめた、あの古着屋の源治ことカシイの塒《ねぐら》である。

矢島は長屋の住人に、〃古着屋の源治〃がまったく帰って来ておらず、行く先は誰も聞いていないことなどを聞きだした。もちろん、そのあとすぐ長屋の路地にイダテンが入り、それを確かめた。上屋敷に帰った矢島は中奥でしばらく綱教と他人《ひと》を交えず、話し込んでいたらしい。

聞きながら、一林斎にはそのときの綱教公と矢島鉄太郎のようすが、手に取るように想像できた。なにしろ藩主である綱教が直々《じきじき》に下知し、放《はな》った薬込役の得物がこれ見よがしに上屋敷の裏門に立てかけられていたのだ。誰が殺したか、察しはつこう。だが綱教にも矢島にも、〃謀反人ども〃の顔がまったく見えない。そもそもカシイは、それを探るために矢島が江戸市中に放った潜みだったのだ。

「そのあとすぐのことでさあ。中奥から大名飛脚が国おもてに向け、走り出たとのことです」

小泉忠介はその宛先まで確認することはできなかったが、江戸潜みの者ならそれだけで宛先も内容も見当はつく。

城代の布川又右衛門に……である。その内容はすぐに城下潜みの兵藤吾平太に伝えられ、和歌山城内で江戸上屋敷での綱教と矢島鉄太郎のように、布川又右衛門と兵藤吾平太はさっそく鳩首することであろう。

――カシイ殺さる。手を下したのは、旧来の江戸潜みの者ども。カシイがいつ、そやつらに目をつけられたかは不明
綱教から布川に宛てられた書状には、そう記されているはずである。

「ロクジュよ」

「へい」

「いつもイダテンでは長屋の住人たちから奇異に思われる。こたびはそなたが国おもてに走れ。大番頭にいまの話を口頭で伝えるのだ」

小泉忠介もそれを予測し、イダテンではなくロクジュを一林斎の許《もと》に遣《つか》わせたので

あろう。

綱教の書状とほぼ同時くらいに、江戸のようすを竜大夫に伝えねばならない。薬込役の組屋敷が、城代家老に対し警戒態勢を敷くためである。その場からロクジュは和歌山に向け発った。

「畏《おそ》れ多いが仕方ない。儂らはすでに綱教公へ果たし状を突きつけたのだ。大番頭の下知がなくともやるぞ。児島竜大夫さまを頂点とした、いまの薬込役の仕組を守り、源六君をお護りするためだ。敵の狙いは、まさしくそこにある故《ゆえ》のう」

「はい」

特番の鉞を手に、腹から絞り出すような声で言った一林斎に、冴が低く肯是《こうぜ》のうなずきを返したのは、その夜のことであった。これればかりは一林斎と冴が知るのみで、江戸潜みの配下たちにも極秘の策である。

その〝極秘〟の策へ一林斎は、一歩近づいたかと思われる兆候を得た。

ロクジュが紀州へ発ってから九日ほどを経ていた。

おそらくとんぼ返りで、

「もうそろそろ戻ってきてもいいころだが」

と、冴と話していたときだった。

以前にも来たことがある上屋敷の中間が玄関に訪《おとな》いの声を入れた。

冴が出て書状を受け取った。久女からだった。返事は不要と言うので、外出時の侍医の役務ではないようだ。

療治部屋で封を切った。

読み終え、

「見てみよ」

冴に示した。佳奈も部屋にいる。

——まことに有難きこと

と、いつもながらの見事な筆跡で認《したた》められている。

先日、吉良上野介の血瘀を療治した件だった。文面は長く、上野介が至極満足していることと、その話を上野介が綱教に話し、私（久女）が綱教公から良きことをしてくれたと、お褒めの言葉をいただいたことなどが認められていた。

さらに、

——一林斎どのの鍼療治を、綱教公にもお勧め致し候

「なに、なに」

と、佳奈もその文《ふみ》を手に取った。

「あら、あらあら。まあ」

と、嬉しそうに読み進んだ。

〝極秘の策〟は抜きにして、医者としてかかる文はこよなく嬉しいものである。

佳奈がまだ読み進んでいるとき、その頭の上で一林斎と冴は目を合わせた。

綱教にも一林斎の鍼療治を勧め、それに綱教がどう応えたかは記されていない。だが、上野介が話したのだから、綱教の脳裡に〝一林斎の鍼療治〟が深く刻まれたことは相違あるまい。

視線を合わせた二人は瞬時、佳奈には見せられない険しい表情になった。

佳奈が読み終え顔を上げたときには、二人ともいつもの笑顔に戻っていた。


ロクジュが紀州から帰って来たのは、その翌日だった。

やはりとんぼ返りだった。

カシイのほかにも兵藤吾平太に与《くみ》している者を数名焙《あぶ》り出したが、目下のところおもて立った動きはなく、こちらが仕掛けない限り、領内で薬込役同士が相戦うには至らない状況だという。

「へえ。つまり〝敵〟が動くのは紀州領外で、やはり来春の頼方《よりかた》さまの江戸参勤が主戦場になる、と。〝敵〟の陣容が慥《しか》と判り次第、ハシリを走らせる……と」

「ということは？」

竜大夫はかなり苦慮しているようだ。

「それだけではありやせん」

話すロクジュの顔がゆるんだ。

「頼方さまは相変わらず不羈奔放なようで、大番頭は相当に手を焼いておいでのようでございます」

これには一林斎も冴も苦笑せざるを得なかった。

小泉忠介の報告によれば、下屋敷の光貞には、頼方へ領国の丹生郡葛野に移るよう諫《いさ》めるつもりはまったくないらしい。もちろん、下屋敷から和歌山に飛脚が出た気配もない。

逆にそれを催促する上屋敷の綱教公を、

「――頼方には頼方の思うままにさせておけと、逆にお諫めのごようす」

小泉忠介は言っていた。

この点、当面は安堵できる。

それよりも、いま一林斎の脳裡を占めているのは、

(綱教公に、秘伝の埋め鍼を打ち込む機会がいつ来るか。やらねばならぬ)

いまの仕組を守り、源六と佳奈の生命《いのち》を護るため、その覚悟というべきか、決意はできているのだ。

五

すでに真冬となっている。

一林斎と冴は、

「嗽《うがい》は欠かすな。番茶の出がらしをよく煮込み、それでがらがらとやるのだ」

「外から帰ったときには必ずですよ。手洗いも忘れずに」

と、町内の風邪の予防に忙しく、葛根湯《かっこんとう》も大量に用意していた。

そのようななかにも、

「上屋敷の奥向きからのつなぎ役が氷室さまでなくて、かえってようございましたねえ」

「ふむ。このことは、氷室も知らぬことゆえなあ」

冴と一林斎は話していた。

（綱教公を、害したてまつる）

安宮照子のときとは違い、竜大夫から下知されておらず、自分たちのほうからも通知していない。まったくの、一林斎と冴だけの極秘なのだ。だから久女からのつなぎが、きわめて普通の中間というのは、かえって都合がよかった。

その中間の訪れを、一林斎と冴は待っている。久女に接触すれば、鍼医としてそれだけ綱教にも近づいたことになる。久女のおかげで吉良上野介の知遇を得たことは、思わぬ大きな成果だったのだ。

木枯らしが吹き、通りにも町にも土ぼこりが舞い、どの患者も霧生院へ出向くのを躊躇している一日だった。

佳奈が、町内で風邪をひいて寝込んでいる者がいる患家へ、葛根湯を届けに出たすぐあとだった。

「急患でさあ」

と、冠木門を駈け込んで来たのはイダテンだった。

「おう。ちょうどいま暇だ。入れ」

「へい」

職人姿のイダテンは縁側から障子を開けるなり、土ぼこりを避けるようにすぐさまうしろ手で閉めた。部屋の中もほこりっぽい。

「さっき掃いたばかりなんですけどねえ」

冴が薬研《やげん》から手を離し、イダテンのほうへ向きなおった。

一林斎は鍼の先端を研いでいたところだ。埋め鍼に使う、特番の鍼だ。それらをそっと鍼収めにしまい込み、

「急患とは？」

「へい。氷室どのがさっき、中間姿のまま長屋に来やしてねえ」

〝急患〟と言いながら、急いでいるような口調ではない。

「お屋敷の上臈《じょうろう》さん、久女さんでしたか。けさ早く亡くなったそうで」

「えっ」

一林斎も冴も声は上げたが、驚愕の色が顔に出るのを懸命に堪《こら》えた。

イダテンはつづけた。

「なんでも数日前から風邪で寝込み、それが原因だったようで。なにしろ、あのお方も前《さき》のご簾中《れんちゅう》さまとおなじくらいの年勾配《としこうばい》でしたからねえ」

聞きながら、一林斎は得心した。高齢でもあり、さらに長年仕えた安宮照子の死去

以来、生きる目的を失っていた。

「ともかくあのお方、安宮照子さま縁《ゆかり》の人だったから、組頭にも早めにお知らせしたほうがいいのではと、氷室どのと話しやしてねえ」

「それでこんな風の中を。ご苦労さまです」

中座した冴が、台所から茶を運んできた。

「滅相もありやせん。で、佳奈お嬢は？」

イダテンは訊き、患家へ薬湯の遣いに出ていることを聞かされると思わず、

「おいたわしい」

「イダテン！」

つい言ったのを、きつい口調で一林斎はたしなめ、

「へっ」

イダテンは恐縮したようにぴょこりと頭を下げ、

「それにしても、われらの戦いもサマ変わりしやしたねえ」

と、話題を変え、早々に引き揚げた。

「うーむ」

一林斎はうなった。

この時期での久女の死は衝撃である。

(せめて病気の知らせがあり、儂が診ておったなら)

思っても、一林斎が上屋敷の奥御殿へ往診に入るなど不可能なことだ。

「おまえさま」

「うむ」

部屋は、重苦しい雰囲気に包まれた。

(いますこし、久女どのには長生きしていてもらいたかった)

思いを胸に、秘かに冥福を祈る以外にない。久女は、一林斎が江戸での〝敵将〟であったことも、まして一林斎が伝家の秘術で安宮照子を冥土に送ったことなど、知る由もない。それがせめてもの、一林斎と冴にとっての慰めであった。

風の音に混じって、軽やかな下駄の音が聞こえた。

庭から、

「カカさま」

佳奈の声が聞こえる。

療治部屋から冴が障子を開けると、佳奈は踏み石の上に立ち、

「見て、見て。わたし、黄粉餅《きなこもち》」

頭から全身に土ぼこりをかぶっている。

「佳奈。患家のようすはどうだった」

「はい。熱は下がっていました。もう大丈夫なような」

「それはよかった。入って来なさい。鍼の練習をするぞ」

「えっ。鍼？　はいっ」

部屋の中から一林斎が言ったのへ、佳奈は嬉しそうに着物のほこりをばたばたと払い、裏の井戸端に急いだ。

「上屋敷で野辺送りがあり、葬儀《とむらい》は増上寺だったそうで」

と、イダテンが知らせてきたのは、風の日より十日近くを経てからだった。久女に対しては、一林斎と冴以外の江戸潜みにとっては、安宮照子の死と同時に過去の人となり、さほどの関心はない。

イダテンが知らせたとき、一林斎も冴も、

「――あのお方も、相応の年行き《としゅ》を重ねておいでだったからなあ」

と、それほど悼《いた》むようすは示さなかった。

だがそれから数日、お灸の煙と一緒に秘かに線香を焚《た》いたものである。

さいわい時は年末が迫り、どことなく慌ただしいなかに、綱教に近づく太い綱が一本失われたことを無念に思う気持ちはいくらか紛れた。

そうしたなかに元禄十二年（一六九九）を迎えた。

正月は元旦から数日、さまざまな行事に翻弄される武家とは異なり、町家では人々がのんびりと一息ついている。

霧生院は町家だが、医者とあってはそうのんびりとはできない。町内で元旦に餅を喉《のど》に詰まらせた隠居が二人もいた。家の者が霧生院に飛び込むなり一林斎を先頭に、冴も佳奈も下駄や草履を履く間もなく足袋跣《たびはだし》で走り、手荒く喉に指を突っ込んで吐かせ、一人はそれで助かったが、もう一人は駈けつけたときには意識を失い息もしていなかった。

喉の奥から詰まったものを取り出し、一林斎が心ノ臓のあたりを幾度も押さえては離し、冴が患者の手を取り脈を診た。

「おまえさま！」

脈に反応があった。

「よしっ。佳奈！　鍼をっ」

「はいっ」

佳奈は一林斎に言われた番号の鍼をつぎつぎと出す。

一林斎が鼻の真下の人中《にんちゅう》といわれる経穴《つぼ》に鍼を強く打ち、三度、四度、五度とくり返す。

「……ん、うーん」

隠居がうめく。

蘇生したのだ。

周囲から歓声が上がる。

この瞬間、佳奈は声にも出せない歓喜を覚えていた。

小正月の終わる睦月《むつき》（一月）十五日ころまで、霧生院は気が抜けない。町内や近辺の町々にそうした事故がときどき起こるのだ。そのたびに霧生院の一家三人はそれこそ足袋跣のまま飛び出していた。

その十五日が終わった翌日、からりと晴れた新春の一日だった。

陽は西の空に入っているが、まだ高い。

霧生院に武士の訪《おとな》いがあった。

吉良家家老の左右田孫兵衛だった。前は中間一人だったが、こたびは若党一人に中間二人を供に連れ、権門駕籠ではないが、町駕籠よりは見栄《みば》えのする乗物に乗って来ていた。

玄関に一林斎も冴も佳奈まで出て迎え、冴が上がるように勧めるのへ、

「いや。急いでおってのう」

と、孫兵衛は庭に立ったまま言う。

その庭から孫兵衛と二人で上野介を療治部屋に担ぎ入れたあの日、飲ませた薬湯を所望《しょもう》だというのだ。

聞けば上野介はさきほど下城し、屋敷に戻ったばかりだという。

正月に江戸で最も忙しく行事の日々がつづくのは将軍家である。なかでも忙しいのは、すべての儀式を仕切る高家筆頭の吉良家であろう。

「できればそなたに直接来てもらい、鍼を打って欲しいのじゃが、屋敷にもつぎつぎと来客がありましてなあ」

冴と佳奈が薬湯を煎じているあいだ、待合部屋に入り孫兵衛は言った。

症状を聞くと、上野介は精神的にも張りつめ、肉体疲労も相当なようだ。さらに詳しく聞き、

「それならば」

と、一林斎は数種類の薬草を佳奈に用意させ、煎じるには時間がかかるからと筆と

墨を用意し、口頭で処方を話し、それを若党が筆記した。

「おぉう、そなたはいったいなんというお人じゃ」

孫兵衛は感動の態《てい》になった。

「屋敷にも侍医は幾人か出入りしておるが、いずれも薬の処方などは秘密にし他人《ひと》に教えようとはしないのに」

と、言うのだ。

一林斎にすれば、薬湯よりも直接屋敷に行きたかった。久女亡きあとのいま、吉良家は綱教につながる唯一の綱なのだ。それだけではない。風邪をこじらせあっという間に逝ってしまった久女を思えば、今年五十九歳の身にかかる柳営での激務が、心配でもあったのだ。

とりあえず煎じた薬湯を中間の持ってきた容器に入れ、さらに用意した薬草は篭ごと若党が持ち、

「そなたの厚情と心の広さ、わが殿に必ずや伝えおきますぞ」

孫兵衛の駕籠は急ぐように冠木門を出た。

三人はまたあのときのように門の外まで出て見送った。

「お殿さまには、お元気であらせられますように」

このときも大きな声で言ったのは佳奈だった。

「おうおう」

駕籠の中から孫兵衛の声が聞こえた。

一行は角を曲がり、見えなくなった。

「おまえさま」

「ふむ。脈はつながっているぞ」

冴が言ったのへ、一林斎は大きくうなずいた。

「あたりまえではありませぬか。吉良のお殿さまは、お餅を喉に詰まらせたのではありませぬ。疲れておいでだけなのですから」

佳奈が横合いから二人を見上げて言った。

なごやかな雰囲気が、その場にただよった。

六

さっそく脈はあった。

それより数日後、まだ睦月（一月）の内である。

「きょうは確か、久女どのの四十九日だったなあ」

「あぁ、もうそんなになりますか。なんと短かったような、長かったような」

朝である。裏庭の井戸端で白い息を吐きながら顔を洗った一林斎がふと言い、水桶を持ってうしろに立っていた冴が返した。

一林斎も手に手拭を持ったまま腰を伸ばし、二人そろって赤坂の方向に向かい、手を合わせた。

その日、陽が中天に近づいた時分だった。急患もお産もなく、診るのは町内の来院の患者だけで、おだやかな一日がながれていた。

また中間の供を連れた武士の来客があった。

冴が玄関に出た、
すぐさま療治部屋に走り、

「おまえさま。ちょっと」

と、一林斎を部屋の外に呼んだ。療治部屋では佳奈が手伝い、腰痛の婆さんに灸を据えているところだった。

「上屋敷の矢島鉄太郎さまが」

「えっ」

言うほうも聞いて驚くほうも声をひそめ、表情が変化しそうになるのも懸命に抑えた。

矢島鉄太郎は綱教の腰物奉行で、江戸での〝敵〟の要《かなめ》そのものではないか。矢島は生粋の紀州藩士とはいえ、生まれも育ちも江戸で国おもてに馴染みはなく、和歌山城下でも〝霧生院〟の名は薬込役の一部が知るのみで、広くは知られていない。城下潜みのときも、敢えて〝霧生院〟の屋号は出していなかった。当然、矢島が一林斎の素性を知るはずはない。さらにまた、光貞愛妾のお由利の方も知らず、佳奈を見ても可愛いとは思っても、はてと首をひねることはない。

その点は安心できる。

それよりも、ともかく来た用件だ。

「これは、これは。紀州さまのご家中の方でございますか。またかようなところへ何用でございましょうや」

一林斎は町医者らしく辞を低くした。

矢島は綱教と同い年の今年三十五歳で、一林斎より九年若い。

(うむ。侮《あなど》れぬ)

その精悍な風貌から、一林斎は値踏みした。

中間を外に待たせ、玄関の三和土《たたき》に立ったまま、

「即刻、ご足労願いたい」

矢島は言う。ご足労も願いもない。〝来い〟という意味だ。

理由《わけ》を聞き、一林斎は戦慄を覚えた。療治部屋での灸を佳奈に任せ、廊下の陰で聞き耳を立てていた冴も、一瞬息を呑んだ。

きょう朝から綱教は増上寺で久女の四十九日の法要をおこなったという。綱教にとって久女は、幼児より上屋敷の奥御殿で〝母上〟として薫陶を受けてきた安宮照子の分身にも等しい女性《にょしょう》であったのだ。その久女の法要は、〝母上〟への供養にもなるといったところであろうか。

その増上寺から矢島は中座してきたという。

「殿におかれては、久女どのや吉良さまの推挙があり、そなたの鍼をご所望《しょもう》じゃ。いますぐそれがしにご同道ありたい」

しかも場所は増上寺門前の料亭を、休息のため半日切りで借り切っているという。安宮照子のときもそうだった。芝浜《しばはま》へ潮干狩りに出かけ、休息のため半日切りで海浜に近い料亭を借り切り、そこに外出時のみの侍医となっていた一林斎が呼ばれたのだった。安宮照子への埋め針は、そのとき打った。

（似ている）

一林斎の心ノ臓は高鳴った。

冴も同様だった。すぐさま療治部屋に戻り、用意にかかった。

驚く佳奈には、

「トトさまに急患のようです」

「おうおう、一林斎先生。早う行ってあげなされ。うーん。佳奈ちゃんのお灸も、うーん、よう効くー」

佳奈に灸を据えてもらっている婆さんも満足そうに言う。

「あぁ、婆《ばば》さん、動かないで」

言っているあいだに、冴は鍼収めの中を整えた。

佳奈には、

『わたしも、薬籠持に』

言ういとまはなかった。矢島がいかに生前の由利を知らないとはいえ、綱教の側近に誰がいるか知れたものではない。吉良家と違い、連れて行くわけにはいかない。

玄関では矢島が中間に、

「大通りに出て、町駕籠を二挺」

「はっ」

中間は冠木門を走り出た。

さすがにおもてでは神田の大通りで、町駕籠二挺はすぐに拾えた。

一林斎は冴に渡された薬籠の中を確かめ、さらに鍼収めを開いてうなずき、

「おまえさま」

「うむ」

二人はうなずきを交わした。

儒者髷の一林斎はいつもの筒袖に軽衫のいで立ちで羽織をつけ、行く先が高貴なお人のお座敷とあっては、武器にもなる苦無は持たなかった。

中間の先導で、二挺の町駕籠は冠木門を出た。

冴はおもてまで出て見送った。

胸中に手を合わせた。

(綱教公のお供に、宅を見知った者がおりませぬように)

もしいたなら、きょうの決意はむろん、向後の策もすべて音を立てて崩れ去ることになる。

だが光貞が隠居し、小泉忠介も下屋敷に移ったように、上屋敷で綱教のまわりを固

める近習たちは世代交代している。綱教自身も薬込役とは馴染みがなく、腰物奉行の矢島鉄太郎と国おもての布川又右衛門を通じ、城下潜みの兵藤吾平太を知るのみである。直接下知したカシイが葬られたあと、他に綱教が知っている薬込役といえば、児島竜大夫のみであろう。

「へいっほ、へいっほ」

駕籠舁きのかけ声に合わせ、一林斎の全身が揺れる。中間が先駆けする町駕籠二挺はすでに日本橋の喧騒を過ぎ、京橋も過ぎた。増上寺は近い。

ここに至る脈絡は、死せる久女が用意してくれたものに他ならない。

(そなたには申しわけないが、感謝いたしまするぞ)

揺れる駕籠の中に一林斎は手を合わせ、そこに躊躇の念はなかった。

増上寺門前の通りは火除地のように広い。両脇には料亭や茶店をはじめ、さまざまな商舗《みせ》の暖簾《のれん》がつながり、参詣人や行楽客で賑わっている。

その一軒の門前に権門駕籠が停まり、中間たちがたむろしていた。二本差しの武士も出て、人のながれがその一角を避けている。紀州徳川家が借り切った料亭だ。

薬籠を小脇に町駕籠から出て、

「はて?」

一林斎は首をひねった。

権門駕籠が二挺ならんでいる。いずれも葵の紋所が打たれ、紀州家の乗物だ。

(もう一人は誰?)

予測しなかったことに、一林斎はいささか不安を覚えた。

「さあ。こちらへ」

矢島鉄太郎にうながされ、裏の勝手口からではなく、おもて玄関に歩を進めた。

警戒していることを覚られてはならない。薬籠を小脇に一林斎は、悠然と暖簾を入った。

各座敷に供の武士たちが入っている。廊下で数人出会ったが、いずれも知らぬ顔であった。さすがにホッとしたものを感じる。

奥に進み、

「ここで暫時《ざんじ》、待たれよ」

と、二間つづきの部屋に通された。

門前町であるおもての喧騒は、まったく伝わってこない。

隣の部屋はまだ襖で閉ざされ、人のいる気配はない。

端座し、武士なら刀を右に置くところだが、医者は異なる。左に薬籠を置き、瞑目した。急なことだったが薬籠の中はすでに確かめており、冴の用意は万全で忘れ物はない。

武士が二人、

「手を清められよ」

と、水桶と手拭を運んできた。

一林斎にとっては、特異なことではない。相手が誰であり、鍼を打つときはいつもそうしている。

水桶がかたづけられ、すぐだった。隣の部屋に人の気配が立った。

数名のようだ。

緊張を覚える。

七

襖が開けられた。

〃敵将〃がそこにいるのだ。

一林斎は平伏していた。

部屋は暖められていたのか、暖気が全身に伝わってくる。

「ふむ。そのほうか、一林斎と申す鍼医者は」

「はーっ」

「苦しゅうない。面《おもて》を上げよ」

「はっ」

一林斎は顔を上げた。

敷蒲団が敷かれ、白い布で覆われている。そのかたわらに綱教は立っていた。煌《きら》びやかな形《なり》で分かる。

背後に小姓が二人、片膝立ちで控え、その横に矢島が端座している。

綱教が大柄なのは光貞公の血を引いたか、思えるのはそこだけだ。色白なのはあまり外に出ていないせいか、太り気味で体軀に締まりがなく、顔は柔和《にゅうわ》というべきか、精悍さが感じられない。

（武士としての鍛錬は受けておらぬ。光貞公はどのような訓育をなされた）

一林斎は感じた。

「元旦以来忙しゅうてのう。からだ全体がだるくて肩のあたりが痛うて困る。さあ、患者と医者の関係と思うて近《ちこ》う寄れ」

「ははーっ」

一林斎は膝行《しっこう》した。

「さあ、揉み療治から始めよ。あとで鍼も頼むぞ」

奥御殿の居間にいるような口調になり、小姓に手伝わせて長襦袢《ながじゅばん》姿になり、崩れるように白布の敷布団へうつ伏せに寝ころがった。

「さあ」

「では」

と、矢島鉄太郎にうながされ、一林斎は羽織を脱ぎ、両膝を白布の上に乗せた。

揉み療治が始まった。

すぐだった。

「うーむ。なるほど」

綱教は満足げにうめくような抑揚で語り、療治が肩から腰へ、さらに足へと進むほどに、

「いいぞ、いいぞ。体が宙に浮くようじゃ」

一人で喋《しゃべ》っている。

なるほど、筋肉に疲れが出て凝ってもいる。やはり御三家ともなれば柳営で連日将

軍家の行事につき合わねばならず、そのための疲労と思われる。

「一林斎と申したのう。直答《じきとう》を許す。おまえの証《しょう》を聞かせよ」

「はっ。長時間一定の姿勢を保ち、神経も張りつめておいでのとき、その疲れが全身の筋肉にあらわれるものでございます」

「ふむ、ふむふむ。おまえの診立て、まさにそのとおりじゃ」

心身ともに爽快になっていくせいか、綱教はまた一人で喋りつづけた。

「おまえをここへ呼んだは他でもない。久女が生前によく話しておってのう。母上もそうじゃった。外に出たおりの侍医だと。それに吉良どのも言いおった。きょうは久女の四十九日。法要のあと、母上や久女の外での侍医であったおまえの療治を受ければ、二人の供養にもなろうゆえとな。あの爺《じい》は高家ゆえか、言うことが理屈っぽくていかん」

まさしく久女がつけてくれた筋道であった。

鍼療治に移った。

鍼収めから取り出したのは、丹念に研いだ特番の鍼である。

小姓二人も矢島も、一膝前に乗り出し、一林斎の手許を凝視した。

見られて困ることはない。打っているようすは、他の鍼と変わりはないのだ。

その最初の一本を手に一林斎は肩のほうへ膝を進め、目を閉じゆっくりと深呼吸をした。

胸中に念じている。

(謀反に非《あら》ず、これこそ忠義……。さらに、薬込役と佳奈のため……)

打った。肩である。打ち方に工夫があり、打った鍼をひねるにも高度な技術とさらなる工夫がいる。先端の目に見えぬほどのわずかな部分が折れ、抜けばその部分が筋肉のなかに残る。

二鍼、三鍼、十鍼、十五鍼……つぎつぎと鍼収めから特番の鍼を取り出し、肩から首筋へと、二人の小姓と矢島の見守るなか、綱教の体内に打ち込んでいった。心ノ臓が高まらないのが、自分でも不思議なほどだった。それらの鍼のすべて、先端が点のように体内に残っている。あまりにも細く短いため、研いだ者でない限り、抜かれた先端を見ても折られたことは判らない。

それら点のような先端は、筋肉の伸縮運動とともに体内をめぐり、やがてそのうちの一本がというよりも一点が、心ノ臓に達する。その者は瞬時の発作と同時に息絶える。原因は医者にも判らない。

これこそ、薬込役の者でも大番頭と一林斎しか存在を知らない、戦国よりつづく霧生院家秘伝の埋め鍼なのだ。

だが、その一点が心ノ臓を打つのが一月《ひとつき》のちか半月後か、それとも三年後か五年後か、打った一林斎にも分からない。あるいは達する前に、その者の寿命が尽きることもあり得る。ちなみに安宮照子は、四月《よつき》後にぽくりと世を去った。

「おぉぉ、これはいいぞ、いいぞ。身がますます軽うなっていくようじゃ」

痛くはなく、肌にチクリチクリと感じる刺激が心地よく、綱教はうつ伏せたまま機嫌よくうめくように言っている。実際に、鍼の効用は出ている。

「鉄太郎」

「はっ」

「余は満足じゃぞ。吉良どのにそう申しておけ。惚《しか》と供養に、うーむ。余の供養に、なったとな」

「ははーっ」

矢島鉄太郎は応えた。

もちろん、実際に精気を取り戻す鍼も幾鍼か打った。

そのなかで、埋め鍼は二十鍼に達したろうか。

終わった。満足げな綱教を前に膝立ちであとずさりしてさきほどの控えの間に下が

り、襖が閉められたとき、

「鉄よ、褒美は存分に取らせておくのじゃぞ」

綱教の言っているのが聞こえた。

ふたたび矢島鉄太郎にいざなわれ、玄関に向かった。

不意に廊下で、

「控えよ」

矢島が言い、隅によって片膝をついた。一林斎も倣《なら》った。

綱教と似た煌びやかな衣装の者が、二人ほど近習の者を随えている。若い。二十歳《はたち》前後であろうか。

「鉄太郎。兄上はもうお済みか」

「はっ」

頭を垂れた二人の前で煌びやかな衣装は立ちどまり、すぐに通り過ぎた。

「弟君の頼職《よりもと》さまじゃ」

矢島鉄太郎は言った。
・さっき廊下で思ったとおり、今年二十歳になる光貞の次男である。これで来たときから感じていた駕籠が二挺の疑問が解けた。太ってはいなかったが、やはり奥御殿育ちか、ひ弱な印象を一林斎は感じ取った。

上杉家に嫁いだ為姫《えいひめ》、いま鍼を打った綱教、すれ違った頼職、それに源六こと頼方と佳奈……の五人が光貞の種である。上の三人はいずれもそれぞれに腹違いであり、母を同じくしているのは源六と佳奈の二人だけである。もう一人腹違いの男子がいたが、これは夭折《ようせつ》している。

帰りは一人だが、矢島鉄太郎が町駕籠だが用意した。

来た道を揺られている。

(ついに)

思いが込み上げてくる。

その一林斎の脳裡を、ふとかすめた。

(もう一人いたのだなあ)

頼職のことだ。

駕籠が霧生院の冠木門を入ったのは、まだ陽のある時分だった。療治部屋にも待合部屋にも患者はいなかった。

大きく息を吸い、ゆっくりと吐いた。

「おまえさま」

冴が庭まで出迎えた。

一林斎は無言のうなずきを見せ、薬籠を前に出した。

冴も無言のまま、だが得心したように、出された薬籠を受け取った。

居間で書見台に向かっていた佳奈も出てきた。

「トトさま。急患のお人はいかがでしたか」

「思ったとおりに療治ができたぞ」

「まあ、よかった」

病状もどこの誰かも訊かないが、〝うまく療治ができた〟ことに、佳奈は笑顔になった。

その小さな肩に、一林斎は手をやった。佳奈の息遣いが感じられる。

(おなじ種とはいえ、源六君や佳奈にくらべ、上の二人のなんとひ弱なことよ)

一林斎は誇らしい気分になった。

その夜、行灯の火を吹き消してから、すでにかなりの時間が経っている。

「おまえさま。まだ眠れませぬか」

「ん、まあ。あす、舅《しゅうと》どのにこのこと、文に認めておくか。だが、光貞公には……

言えぬなあ」

「はい」

新春とはいえ、まだ冬の夜長はつづいていた。

四　大名飛脚

一

小泉忠介が神田須田町の霧生院に、

「近くまで来たついでにといっては悪いが、ここのところ肩が凝りましてなあ」

と、ふらりと顔を見せたのは、増上寺門前の料亭で綱教《つなのり》に埋め鍼を打ち込んでから一月《ひとつき》近くを経た、すでに如月《きさらぎ》（二月）もなかばの春を感じる一日の午過《ひるす》ぎだった。

――主戦場は江戸参勤の道中
江戸潜みの面々は肝に銘じている。

だが、国おもての大番頭《おおばんがしら》から〝敵〟の陣容をまだ知らせて来ない。江戸潜みの組《くみ》頭《がしら》である一林斎はかなり焦《じ》れている。源六こと葛野《かずらの》藩主の松平頼方《よりかた》の江戸参勤は来月に迫っているのだ。

この時期に小頭《こがしら》の小泉忠介が霧生院に顔を出したということは、やはりおなじように焦れているからでもあろうか。

一林斎はかたちばかりの鍼を小泉の肩に打ちながら、

「まだ一月もある」

言う以外になかった。

だが一つ、小泉には用件があった。

佳奈は留左と一緒に庭の薬草畑の手入れをしている。庭の薬草の手入れはすっかり佳奈と留左の仕事になったようだ。

小泉は言った。

「きのう綱教さまが、光貞公のご機嫌伺いに下屋敷へ見えられました」

〝綱教〟と聞いたとき、一林斎と冴はハッとした。だが二人とも顔には出さない。代わりに一林斎は、

「ふーっ」

大きく息をついた。こうも早く、鍼の一点が心ノ臓を刺すはずがない。

ご機嫌伺いなど、わざわざ知らせに来るほどのことではないが、

「頼方さまは、江戸では下屋敷に住まわれることになりました」

それがきのう光貞と綱教のあいだで話し合われたのだ。光貞からそれを切りだし、綱教へ命じるように言ったという。綱教のほうから光貞に伺いを立てたのではない。しかも綱教は、どうでもいいような受け応えだったらしい。ということは、綱教の意識のなかに、

（頼方など、無事に江戸へ入れるものか）

その思いがあるからに他ならない。

それを小泉は一林斎へ念押しに来たのか、一林斎はハッとしたようなうなずきを示し、冴も薬研《やげん》の手をとめた。

さらに小泉は言った。

「光貞公にはそのような綱教さまの挙措《きょそ》へ、お感じになるものがおありだったのか、明日、一林斎を呼べ……と。それに、一林斎には利発な娘がおったはず……冴さまと一緒に同道せよとも」

「な、なんと」

「痛っ」

ちょうど小泉の首筋へ鍼を打っているところだった。手許が狂った。冴も薬研に、

ガタリと音を立てた。

「おぬし、まさか！」

「い、いえ。私からはなにも話しておりませぬ」

小泉は顔の前で激しく手の平を振った。

「ならば光貞公は、なにゆえ儂《わし》が江戸に潜んでいることをご存じだったのか」

「分かりませぬ。ただ私が思いますに、冴さまと佳奈お嬢の同道を望まれたのは、光貞公は年行《としゆ》きを重ねられ、昔を偲《しの》んでおいでのことだけと……、そのような表情と口ぶりでした」

なるほど光貞は、国おもてで城代の加納五郎左衛門に預けた幼少の源六が、加納屋敷から町場に出て城下潜みの一林斎の薬種屋に走り、薬種屋の〝娘〟佳奈を連れ、田や川原や海浜を駈けめぐっていたのを知っている。お国入りしたときに一度、お忍びでそのような源六と佳奈を望見したことがある。源六が七歳、佳奈が五歳のときである。光貞は奔放に育つ源六に目を細め、源六と一緒に泥まみれになって飛び跳ねている佳奈を見て、

「――利かん気の強い娘もいるもんじゃのう」

随行した加納五郎左衛門に言ったものである。

さらに、直接城外での警備と訓育に当たっている一林斎を身近に召し、

「――向後ともよしなに、よしなに頼むぞ、一林斎」

光貞は言ったものだった。

もちろん光貞が〝よしなに〟と頼んでいたのは源六の警備と訓育であり、佳奈は一林斎の娘と認識していた。

安宮照子の放った刺客が命を狙うなか、身重の由利は命を落とし、源六の弟か妹になるはずだった胎児は、

「――死産にございました」

城代家老の加納五郎左衛門と薬込役大番頭の児島竜大夫は、蒼ざめた表情で光貞に報告したのだ。それは安宮照子の魔手が迫るなか、佳奈をその域外に置いて安全を図る苦肉の策というか、方便だったのである。

泥だらけになって飛び跳ねる五歳の女の子なら、光貞はそれと気づかなかったが、いま佳奈は十四歳である。しかも由利の美貌を、遺憾《いかん》なく受け継いでいるのだ。会えばどうなる……。

一林斎と冴の脳裡には、恐怖にも似たものが走った。

「それでは組頭、冴さま。伝えましたから」

小泉忠介は腰を上げ、縁側から庭に下りると、

「感心ですのう、お嬢。留さんもご苦労じゃ」

「へえ」

「あら、紀州藩の小泉さま。もう療治は終わりましたのか」

薬草畑に声をかけた小泉に、しゃがんでいた留左と佳奈は立ち上がった。

一林斎と冴が佳奈を連れて江戸入りした八年前、品川宿に出迎えたのが小泉忠介であり、これから住む家も神田須田町に見つけてあり、

「――以前から知っておる紀州藩の藩士でのう」

その場で一林斎から聞かされ、佳奈は心強く思ったものであった。

小泉忠介がまるでついでのように明日の用件を話したのは、すこしでも一林斎と冴の衝撃をやわらげるための配慮であったろうか。

「おまえさま」

「行かずばなるまい」

小泉の帰ったあと、療治部屋は緊張と重苦しさの混じった空気に包まれた。

一林斎と冴には間違いなく、源六の江戸参勤よりも重大で深刻な、しかも防ぎようのない出来事《しゅったいじ》である。

夕餉の膳を囲んだとき、

「あらあ、内藤新宿の見物！」

佳奈は喜んだ。去年の初夏に、留左も一緒にトリカブトなどの〝薬草採り〟に下高《しもたか》井戸《いど》へ出かけたとき、内藤新宿は全体がまだ普請《ふしん》の最中で、その秋に甲州街道の最初の宿駅として開業したばかりなのだ。

光貞はやはり周囲の目を警戒しているのか、指定した場所は内藤新宿だった。そこの静かな料亭の離れを小泉は日切りで借り、その足で神田須田町に来たのだった。

佳奈にとっては新宿の見物もさりながら、家族三人で出かけるのがことさら嬉しかった。

「おまえさま」

「信じるしかあるまい、光貞公をのう」

「はい」

冴は返事をしたものの、やはり翌朝起きたとき、睡眠不足で目がちかちかと痛かった。一林斎もそうだった。

早くに留左も来て、

「人と会う用事だってんなら仕方ありやせんや。また薬草採りのときにゃ篭《かご》を背負ってお供しまさあ」

と、きょうは朝から留守居役だった。

留守にするなら冠木門を閉め、張り紙でもしておけばいいのだが、わざわざ留左に留守居を頼んだのには理由《わけ》があった。

飛脚を待っているのだ。

綱教に埋め鍼を……文字はもちろん薬込役にしか解読できない符号文字だったが、みずからも昂《たか》ぶることなく平常心を保ったため、特別なこととせず通常の三度飛脚《さんどびきゃく》でその決行を国おもての竜大夫に知らせた。

江戸から京までの五十三次を、雨風や川止めなども考慮しおよそ十日を要し、飛脚屋の定期便は前の便が着いたころにまた新たな便を走らせ、したがって月に三度出る勘定になるから、一般にこれを三度飛脚といっていた。

京から摂津《せっつ》や紀州まで、さらに二、三日を要した。

事の重大さに竜大夫も慌てることなく、一林斎に合わせ三度飛脚を使ったとしても、そろそろ返書が届いていい時分である。

内心はこたびの埋め鍼を竜大夫がどう評価するか、一日でも一刻でも早く知りたい。そのための留左の留守居役だったのだ。

二

諸人《もろびと》から望まれていた新たな宿場の開業であり、早くも甲州街道の江戸への物資の集散地となり、通りには人足らのかけ声とともに荷馬や大八車がひしめき、神田の大通りや柳原土手とはまた違った賑わいを見せていた。随所にお寺もあれば茶店も出てちょっとした門前町まで形成されている。

午《ひる》にはまだいくらかの間がある時分だった。

宿場の通りに入ってからすぐだった。

「先生、ご新造さんも、それに佳奈お嬢も」

雑踏のなかに声をかけてきたのは、

「あらあ、ロクさん。こんなところにまで商《あきな》い？」

「へえ、さようで」

と、ロクジュだった。

股引《ももひき》に袷《あわせ》の着物を尻端折にし、頭には手拭《てぬぐい》を吉原《よしわら》かぶりに大きな風呂敷包みを背負っている。

「きょうは古着の商いでして」

と、ロクジュは言うが、目的は一林斎にも冴にもすぐ分かった。物見《ものみ》、すなわち光貞外出時の潜み警護である。

一林斎の耳元にそっとささやいた。

「不審な目はありやせん。供は侍三人に挟箱二人、差配は小泉どの」

「うわーっ」

荷馬が佳奈のすぐ横を通った。

冴がきのう小泉の言った料亭の場所を訊いた。

「あぁ、それならほれ、そこの旅籠の手前の枝道を入ったところで、玉川《たまがわ》上水の流れに面した、静かなところでさぁ」

「ふむ。大事な話があるから儂は先に行く。おまえたちはすこしこの町を見物していてくれ。ロクさん、案内してやってくれんか」

「へい」

一林斎はロクジュに、前もって自分が光貞と差しで話す機会をつくる役務を負わせた。

「さあ、ご新造さんに佳奈お嬢」

と、ロクジュはそれを解したようだ。

一林斎は言われた枝道に入った。裏手になるとなるほど新たな宿《しゅく》か、更地《さらち》や普請中のところが随所にある。

目当ての料理屋はすぐに分かった。まわりにくらべひときわ風格があり、そのまま日本橋界隈に出してもおかしくない造作だ。屋号は鶴屋《つるや》といった。

訪《おとな》いを入れると、奥からすぐに女将《おかみ》よりも小泉が出てきた。徳川の名も紀州の名も出していないようだ。

奥への廊下を進みながら、

「殿はさる屋敷のご隠居ということで、早めに来られて庭を散策され、いま部屋のほうでくつろいでおられます」

なるほど紀州徳川家の光貞が来ているとなれば、内藤家をはじめ近辺の屋敷から挨《あい》拶《さつ》の者が詰めかけるだろう。それに鶴屋の庭は、玉川上水を借景《しゃっけい》に、ちょいと散策するに価値ある造りだった。

「千駄ケ谷から木綿《もめん》の着ながしで、町駕籠に乗って来られまして」

と、小泉は笑いながら言う。御三家の隠居が町駕籠でなど、およそ想像できるものではない。これには、

（源六君は、その血を引かれたか）

と、一林斎も苦笑した。

離れは二間つづきで、供の者は別棟か姿は見えず、ゆっくり話せそうであった。同時に恐縮とともに緊張の念が込み上げてきた。光貞は一林斎を接見するために、わざわざこの場を設けたのだ。

「ご隠居、霧生院一林斎どのにございます」

小泉は手前の部屋で端座し、襖の向こうへ声を入れ、

「おぉう、来たか。入れ」

「はっ」

皺枯《しわが》れた声に小泉が襖を開けた。

苦無ははずしているが、いつもの軽衫と筒袖の姿で一林斎は平伏している。

「わっはっはっは、一林斎、久しいのう。これ、薬込役らしくないぞ。竜大夫ならば知らぬ間に部屋へ入って来て、わしの前にどんと胡坐《あぐら》になりおるわ。そうせい」

「はーっ」

一林斎は顔を上げ、

（老けられた）

瞬時の印象だ。

「さあ。入れ、入れ」

なんとも気さくに言われ膝行《しっこう》したが、さすがに胡坐居にはなれず、端座で光貞と向かい合った。

背後の襖が閉められ、人の気配が遠ざかった。この離れに、光貞と一林斎の二人のみとなったようだ。明かり取りの障子は閉まっているが、縁側をとおして庭の日射しを受け、部屋の中は明るい。

光貞は言った。

「一林斎、礼を言うぞ。これまで、源六をよう護り抜いてくれた。数々の危機、すべて知っておるぞ」

光貞の顔は真剣だった。同時に、苦渋を表情に刷《は》いていた。

さらに言った。しかも、つぶやくような口調になった。

「照子が逝《い》って、これで源六も安心かと思うたら綱教《つなのり》め、照子と血はつながっておらぬのに、料簡の狭いところだけ引き継ぎおった」

きのうの綱教の、源六こと松平頼方への冷ややかな姿勢が、光貞には相当な衝撃だったようだ。

口調が改まった。

「一林斎、向後も頼むぞ。薬込役の真骨頂は、何事もなかったがごとく役務を遂行するところにある。どうじゃ。またしばらく、その伝統を発揮してくれい」

「はーっ」

光貞から直《じか》に命を受け、一林斎は感動した。ふたたび平伏するのは、儀礼からではない。同時に、きのうから感じていた疑問が膨らんできた。

「殿！」

顔を上げ、光貞の老いた顔を見つめた。

「なんじゃ」

「殿はなにゆえ、それがしが江戸潜みであることをご存じでしたろうか。それに、ご存じなれば、上屋敷においでのときはいざ知らず、下屋敷へお移りになられた後も、なにゆえそれがしを一度もお召しにならなかったのでありましょうや」

突然だった。光貞も一林斎を見つめ、

「わっはっはっは」

大声で笑い、

「一林斎よ。おまえは薬込役になくてはならぬ組頭であろうが。それにおまえの女房は竜大夫の娘と聞く」

「はーっ」

「小童《こわらべ》であった源六に城下を自儘《じまま》に走らせ、薫陶するなど、薬込役のおまえたちだからこそできたこと。わっはっは。薫陶とは見せず、自然に薫陶しておった。それもまた薬込役の真骨頂」

「はーっ」

「それにのう、家老を通じて竜大夫にひとたび下知すれば、あとは全幅の信頼をおいて一切口は出さず、結句だけを秘かに見る。それが代々藩主の薬込役の使い方じゃった。わしは確かに竜大夫らに源六を護れと下知した。そして今日まで、見事に護られてきた」

「はーっ」

「わしは思うたぞ。これができる江戸潜みは誰か。うわっはっは、一林斎。国おもてでその技量を見せたおまえしかおらぬ。それをいちいち、竜大夫に問い質《ただ》したりはせぬ。竜大夫とて訊かれれば返答に困ろう。潜みは潜みであらねばならぬゆえのう。ゆえに忠介にも何も訊いてはおらぬ。報告を受けるだけでのう。それにいま、下屋敷でおまえの考案した憐み粉を調合している中間がおる。あれも薬込役の潜みであろう。

直截《ちょくせつ》に声をかけたりはせぬが、家臣らすべてのため、ようやってくれておる」

「ははーっ」

一林斎は嬉しかった。ヤクシの存在も知って評価してくれている。それに、〝松平頼方〟は光貞が源六に与えた名だが、一林斎と話すときには〝源六〟である。

（やはり父と子）

胸の熱くなるのさえ覚える。

「のう、一林斎」

「はっ」

「きょうおまえをここへ呼んだは、源六を護らねばならぬ布陣が、新たな事態に入ったゆえじゃ。わしも歳かのう。心配でならぬゆえ、直接おまえに言いたかったのじゃ。頼むぞ、一林斎」

「はーっ」

ふたたび感動のなかに、また自然と頭《こうべ》が下がったときだった。ハッとした。

「あら、カカさま。水の音が」

庭のほうから聞こえてきた。佳奈の声だ。いきなり部屋に案内せず、庭を散策させているのは小泉忠介の計《はか》らいか。

「おぉう。あのときの女童《めわらべ》じゃな」

光貞はよいしょと脇息《きょうそく》に手をついて立ち上がり、みずから障子を開け縁側に出た。

脳裡にあるのは、和歌山城下で源六と泥にまみれていた、利かぬ気の強そうな五歳の女童の姿である。覚えていたのは、血のつながりの故《ゆえ》かも知れない。

(あぁぁぁぁ)

一林斎は心中に悲鳴を上げた。

「あっ」

と、予想外のことに庭の小泉は動きをとめ、廊下に向かって一礼した。

冴は瞬時、それが光貞公と分かり、反射的に地に片膝をつき、左手を膝におき右手の拳《こぶし》を地につき、頭を垂れた。薬込役が野外で拝命するときの姿勢である。

「えぇえ!」

佳奈は理由《わけ》が分からず、

(なんだか偉い人)

思ったか、とっさに冴に倣《なら》った。

「冴さま。きょうはお忍びで、ただのご隠居と」

小泉は慌てて言ったが、初めて拝謁する光貞を前に、顔を上げ立ち上がれるものではない。

そこに一林斎の恐れていた事態が発生した。

佳奈が片膝をつき顔を伏せるのが、冴に一呼吸遅れていた。そのとき佳奈と光貞の目が合った。三間（およそ五米）と離れていない。

「うっ」

刹那《せつな》、光貞はうめき、その身が硬直したのを、背後から一林斎は見た。

庭の植え込みは緑の芽を吹いている。

風もこころよい。

しかし春というのに、時が凍《い》てついたようだ。

光貞の身は、まだ動かない。

その視線は、凝《じ》っと佳奈の肩に向けられている。

一林斎は光貞の背後に歩み寄り、

「殿……それがしも日々感じておりました。冴より生まれたわが娘とはいえ、なんとお由利の方さまに面影が似たものかと」

「うむ」

庭の冴と佳奈には聞こえないほどの低声だった。

光貞はうなずいた。

ようやく凍てついた空気が、庭の春に溶けたようだ。

小泉がこの機を逃さず、

「ご隠居。ここに控えおりますのが霧生院の内儀、冴どのとその娘、佳奈どのにございます」

「ふむ。冴、息災《そくさい》でなによりじゃ。霧生院の役務を大事に、向後も励《はげ》め。で、佳奈と申すか。見違えたぞ」

佳奈は顔を上げ、

「えぇ?」

「あはは、佳奈。このご隠居はなあ、おまえがずっと前、和歌山城下で源六どのと飛び跳ねているところを一度、ご覧になったことがあるのだ」

光貞の斜めうしろに立っていた一林斎が言うと、佳奈は気が楽になったか、

「ま、恥ずかしや。ご隠居さまは、源六の兄《あに》さんをご存じなのですか」

「ほう。源六を〝兄《あに》さん〟と呼ぶか。これはおもしろい」

「なにがおもしろうございますか。兄さんはいまいずれに」

「これ、佳奈。ご隠居さまは昔、和歌山城下でおまえと源六どのが遊んでいるのを見

かけられただけじゃ」

「そう、そのとおりでござる」

冴がたしなめるように言ったのへ、小泉が助け舟を出し、

「さあ、ご隠居。話のつづきがありますれば」

「ふむ。そうじゃな」

部屋を手で示した一林斎に光貞は応じ、

「そのほうら、別間で中食《ちゆうじき》などしていくがよい。忠介、さように手配いたせ」

「はっ」

佳奈は、小泉忠介が紀州徳川家の家臣であることは知っている。ならば光貞をいずれ紀州藩の高禄藩士の隠居と解したなら、佳奈にとってきょうの仕儀は辻褄《つじつま》が合う。事前の打ち合わせはないが、佳奈に訊かれ小泉も冴もうまく話を合わせるだろう。

一林斎はホッと一息つくことができた。だが、心ノ臓は収まっていない。

小泉に先導され、母屋のほうへ向かう佳奈の背を、光貞は縁側に立ったまま凝っと見つめている。

その背が建物の陰に見えなくなった。

「一林斎」

「はっ」

部屋に戻りながら、光貞は一林斎を睨み、脇息の座に着くなり、

「礼を言うぞ。あそこまで、よう育ててくれた」

「と、殿。佳奈はそれがしと冴の……」

「黙れ！　一林斎。わしの双眸《め》を節穴と思うてか」

「め、滅相も……」

「のう一林斎、わしは一瞬、由利がこの世に戻って来たかと思うたぞ。それに、あの利かぬ気で物怖《ものお》じしない態度、源六にそっくりではないか」

一林斎は応えるべき言葉を見出し得なかった。

光貞はつづけた。

「うむ。これには五郎左衛門と竜大夫も一枚嚙んでおった。どうじゃ」

一林斎はすでに観念している。

観念すれば、どうやら心ノ臓の鼓動は収まってきた。

光貞はさすがに五十五万五千石の太守か、思考は落ち着いていた。

「佳奈と名付けておったか。いい名だ。それに、その生命《いのち》を護るためであろう。わしまで謀《たばか》りおって……。わっはっはっはっは」

「殿……」

「案ずるな、一林斎。わしは礼を言うておるのじゃ」

「はっ」

「奥御殿の世代が替わり、これで一安心かと思うたら、こんどは綱教がことよ……」

いま高笑いしたばかりの光貞の表情に、憂《うれ》いと困惑の色が滲み出た。

「これを」

光貞は背後に身をねじり、刀掛けから脇差を取った。

「か、佳奈に、で……ござい、ますか」

長船《おさふね》の業物《わざもの》である。鞘《さや》と柄《つか》には、金箔の葵《あおい》の紋が打たれている。

「さよう。佳奈にいつ渡すかは、おまえたちに任せようぞ」

狭量な綱教の存在がなければ、この展開にはならなかったろう。いま佳奈が光貞の生涯最後の血筋であり、しかも源六とおなじお由利の方を母としておれば、家中にまた一つ、火種を抱えることになる……。そこを光貞は解しているのだ。

「これも、加えよう」

光貞が取り出したのは、黒の漆塗りに金箔の葵の紋が打たれた印籠だった。根付《ねつけ》は紀州沖で獲れたクジラの骨でつくった玉で、地味なものだった。

一林斎はおしいただき、

「このことは、殿」

「なんじゃ」

「源六君にも……」

「むろんじゃ。思い出すのう。源六がわが血筋であることを当人に告げたのは、五郎左衛門であったのう。わしが源六を江戸へ呼び寄せ、その道中でのことだったと聞いておる」

「御意《ぎょい》」

「佳奈にそれを告げるのはおまえじゃ。いつになるか、おまえが判断せよ」

「はーっ」

一林斎の頭が、光貞に対しまた自然に下がった。

それに、光貞が埋め鍼を話題にしなかったのが、一林斎を安堵させていた。もし訊かれれば、光貞にも秘匿していることである。なにか隠し事をしているのが、顔にあらわれたかも知れない。

鶴屋を出たのは三人一緒だった。

「トトさまは、あのご隠居さまと相伴《しょうばん》されたのか。その風呂敷包みはなんじゃ。刀みたい」

「さよう、刀だ。預かり物でな」

「預かり物？」

荷馬や大八車の行き交う内藤新宿の本通りに歩を踏みながら、佳奈は刀にそれ以上の興味を示さなかった。

一林斎はホッとしていた。もし興味を示し、葵の紋所を見れば、それこそ質問してくるだろう。まさしく〝預かり物〟なのだ。

なぜ一林斎が風呂敷に包んだ刀を持って出て来たのか、冴は訊きたかった。だが、訊くのが恐ろしかった。冴がきょうのすべてを聞くのは、やはり今宵、佳奈が隣の部屋で寝息を立ててからのことになろうか。

歩きながらもどことなく落ち着かない冴のようすに気づいたか、一林斎は一言だけ言った。

「なあ、冴。きょうは久しぶりにあの隠居に会えてよかったぞ」

冴はうなずきを返した。

佳奈が疲れたとも言わず、三人が神田須田町に入ったのは、陽が西の空にかなりかたむいた時分だった。

「あ、お帰りなさいやし。お嬢、疲れなかったかい。そうそう、先生にご新造さん。飛脚が来やしたぜ。なんでも文《ふみ》は上方《かみがた》からの長旅だって、飛脚が言ってやした。居間の棚に置いときやしたよ」

「ふむ」

来ていた。一林斎は逸《はや》る心を抑え、居間へゆっくりと向かった。

それよりも、佳奈が寝息を立ててからである。光貞との一部始終を一林斎から聞いた冴は、ひとことだけ言った。

「ならばあの刀と印籠、佳奈に渡さないというのも、選択肢の一つと解していいのですね」

「それもあり得ようか。それが佳奈のためと、儂とそなたが判断すればのう」

一林斎は応えた。

葵御紋の脇差と印籠は、すでに居間の納戸《なんど》の奥にしまい込んでいる。

三

翌朝、一林斎は日の出とともに冠木門を開け、出かけた。といっても、留左の長屋である。赤坂のイダテンの長屋まで文《ふみ》を頼んだのだ。

陽が中天に差しかかるころ、

「あれれ。きょうもトトさま、お出かけですか」

玄関で佳奈が言えば、その半刻（およそ一時間）後には日本橋北詰の割烹で顔なじみの仲居が、

「これはいつもの先生、お武家と職人さんに町家のお人、もうおいでですよ」

と、一林斎を迎えていた。午《ひる》をいくらか過ぎた、飲食の店がどこも暇になる時分である。安心して療治部屋を留守にできるのは、患者にまだ鍼は打てないものの薬湯の調合など、佳奈が充分に代脈をこなせるようになっているからだ。その意味では、佳奈は家族としてはむろん、医療においてもすっかり霧生院になくてはならない一員となっている。

（町家のお人？）

一林斎は首をかしげ、廊下を奥に向かった。割烹の暖簾の前で行商人姿のロクジュがそっと寄って来て、

（胡乱《うろん》な目はありやせん）

低声でささやいた。

留左に託した文で呼集したのは、小泉忠介とイダテンのみである。

「入りますぞ」

廊下から襖を開けた。

「おっ、これは!」

「へい。きょう午前、着いたばかりです」

町人姿で胡坐居のまま姿勢を正したのは、ハシリだった。

「ふむ。ご苦労」

一林斎は得心し、

「さっそくだが」

と、腰を下ろした。きのう来た竜大夫の文には、

——この策のため、ハシリを江戸へ遣《つか》わす

と、あったのだ。文の着いた翌日に、そのハシリがイダテンの長屋に着いたということは、文にある〝策〟がすでに動いていることを意味する。しかも、ハシリをまじえてもう一度開く鳩首が省《はぶ》けたことにもなる。

部屋には一林斎と小泉忠介、イダテンとハシリの四人がそろっている。竜大夫の文にある策を遂行する、最小限の顔ぶれだ。

「きのう、儂《わし》は光貞公に拝謁し、あらためて源六君防御の役務続行を仰せつかった。大番頭からも昨日、この文を受け取った」

一林斎は腹から絞り出すような低い声で言うと、その文を小泉に示した。巻紙でなく一枚一枚に認《したた》められた文だった。いずれ符号文字の読める面々である。

――秘伝の術、使いたるは重畳《ちょうじょう》。わが決意、貴殿の決行により一層固まれり

と、綱教に埋め鍼を打ち込んだことを積極的に肯是《こうぜ》する一枚は、すでに昨夜、冴と一緒に一読火中に付している。それができる、竜大夫の綴り方だったのだ。小さな炎を上げるその紙片に、一林斎と冴はホッと安堵の息を洩らしたものだった。

残した一枚一枚が、小泉から順にイダテン、ハシリへとまわされた。読みながら一同は、

「ほう」

「なるほど」

うなずきの声を低く洩らしている。ハシリも行けと言われただけで、文のことは聞かされていなかった。まわってくる紙片に、やはりイダテンとおなじようにうなずきながら読み進んだ。

記されている……国おもての薬込役組屋敷には、城下潜みの兵藤吾平太に与《くみ》する者

はいない。だが与していても、巧妙なつなぎでおもてに見えないだけかも知れない。

つまり、

――詳細不明

さらに、尾州《びしゅう》潜みの和田利治《わだとしはる》なる者が、綱教の信書を大義名分に腰物奉行の矢島鉄太郎の傘下に入ったことが、

――明らかなり

一林斎が涙ながらに遺体を神田川に見送ったカシイの例と似ている。

紀州徳川家では、おなじ御三家の尾張《おわり》徳川家の動静を探るため、薬込役を名古屋にも潜ませていたのだ。

このあとの文面が重要だった。

――〝敵〟の動きを知るため、この時期に綱教公よりご城代布川又右衛門どのに宛てたる信書の内容を把握せよ。そのためにハシリを江戸へ遣わす。方途は江戸潜みの考慮に任すべし

一同はあらためて、互いに顔を見合わせた。〝この時期〟とは、源六の江戸参勤が一月《ひとつき》後に迫った、いまのことである。綱教から国おもての布川になにか重要な下知があるに違いない。一同の見立てもおなじであった。

助っ人役に、ハシリを遣わしてきた……すでに、とるべき策を示唆している。

（お七里《ひちり》を襲う）

四人はうなずき合った。

大名飛脚だ。

尾州と紀州の徳川家では、江戸おもてと国おもての迅速な通信手段として、東海道に七里（およそ二十八粁《キロ》）を目処《めど》に神奈川、小和田《こわだ》、小田原、箱根、沼津さらに大浜、御油《ごゆ》などの宿場に七里役所を常設していた。役所には足軽のなかから選ばれた足達者な者が二、三人ずつ、御状箱送りとして待機し、江戸屋敷あるいは国おもてから藩主の文が出されたとき、つぎつぎと御状箱をつないでいった。それらを定期の藩の飛脚と合わせ、大名飛脚といった。その速さは、三度飛脚のおよそ倍ほどであった。ハシリやイダテンが足軽なら、間違いなくいずれかの宿場に配属され、その足はどの御状箱送りよりも速いのを誇ったことであろう。

「――一度やってみたいなあ」

「――どうせなら、小田原や沼津など、大きな町がいいぜ」

などと二人は話し合ったことがある。

七里役所のある宿場では、それら送り人足は〝お七里さん〟と呼ばれ、身分は低いがけっこういい思いをしていた。七里役所には葵御紋の高張《たかはり》提灯を出し、竜虎や松竹を染めた鼠木綿《ねずみもめん》の半纏《はんてん》を着込み、腰に一刀、帯に赤房の十手を差し込み、役務のときに邪魔立てする者は三人までなら斬り捨ててもかまわないとされていた。それをいいことに、裕福そうな商家のあるじが乗った町駕籠にわざとぶつかり、金銭にありつくようなこともしていた。暇なときにはその半纏で宿場を闊歩《かっぽ》するのだから、宿場役人でも手を焼いていた。

それにまた、藩主の行列が通過するときには、宿場役人と図《はか》って助郷《すけごう》や荷馬の手配もし、その土地ではお七里の半纏姿で供先《ともさき》に立ったりもする。

「あはは。あいつら目立つから、襲うのは簡単でさあ」

「街道は長いし、機会はいつでもつくれますぜ」

職人姿のイダテンと着物を尻端折にしたハシリは、その拵《こしら》えに合った口調で言う。

だが薬込役の仕事は、あとに痕跡を残さないのが鉄則である。つまり〝敵〟に、中を見られたと覚られてはならない……。

その場で小泉が御状箱の紐の結び方、信書の独特の折り方と水引《みずひき》のような細紐のかけ方などを、ハシリとイダテンに伝授した。小泉忠介はいまでも、下屋敷で光貞の信書を扱っているのだ。

さらに、さまざまな場での策が話し合われ、それぞれの役割も定められた。

「よし、イダテンかハシリ。きょう帰りに儂のところへ寄れ。〝熱起こし〟と〝熱さまし〟のあれだ」

一林斎は言い、小泉忠介には、

「このこと、光貞公にはかまえて事後の報告のみとせよ」

失策《しくじ》ったとき、あるいは露顕したとき、累《るい》を上に及ぼさないための計らいである。埋め鍼は別として、これまでもすべてそうだった。上は一度下知するだけで、あとは解除の令があるまで、薬込役はただ黙々と役務を遂行する。それが戦国よりつづく、紀州藩薬込役の伝統なのだ。

氷室章助やヤクシたちには、きょう中にこの鳩首の内容が知らされるだろう。

「あらあ、また馬のお人」

と、廊下に出ていた佳奈がハシリを迎えたのは、陽が沈むすこし前だった。

「これは、お嬢。縁側で薬研挽きとは精が出ますなあ。きょうはちょいと打ち身の膏薬と煎じ薬をもらいに来ましたのさ」

と、縁側から直接療治部屋に入ったハシリに、貝殻に入れ用意していた猛毒の〝熱起こし〟と、笹草《ささくさ》の根茎《こんけい》を干した〝熱さまし〟の煎じ薬を、

「軟膏はくれぐれも量を間違わぬように。あら、こんなこと、ハシリどのには釈迦《しやか》に説法でしたねえ」

と、笑いながら渡したのは冴だった。

「これも」

と、布に包んだ菱の実を渡したときには、真剣な表情になっていた。〃熱起こし〃は撒菱《まきびし》に塗る量を間違えると、対手を死なせてしまうことにもなる。

「おぬしらなら、塗り過ぎることはあるまい」

「はい。イダテンからあのときのようす、詳しく聞いておりやす」

横で鍼の整理をしていた一林斎が言ったのへ、ハシリは自信ありげに応えた。

冴が用意した一まとまりの〃得物〃は、一林斎にとっては懐かしいものだった。

八年前だ。初めて江戸へ下向する源六の行列を川崎宿まで出迎え、毒殺しようとした久女《ひさめ》にハツとマキの女式神たちへ巧みに使い、その出鼻を挫《くじ》き行列を無事に江戸へ入れたのが、この〃熱起こし〃の毒薬と〃熱さまし〃の薬草、それに菱の実の撒菱だったのだ。

このとき一林斎の差配で動いたのがイダテンとヤクシで、二人はそのまま江戸潜みとなったのである。

ハシリがそれらの〝得物〟をふところに帰ったあと、

「おまえさま。直接行かなくても大丈夫ですか」

「ははは。ヤクシにも塗り方を訊くだろうしな」

療治部屋で一林斎と冴が話していると、

「トトさま、カカさま。打ち身に塗る軟膏って、そんなに難しくもないでしょう。誰か歩けぬほど重篤なお人がいるのですか」

縁側で薬研を挽きながら佳奈が部屋の中に声を入れた。

「そう。いるのですよう。だから代わりにさっきの人が来て」

冴が応え、

「塗り過ぎても薬がもったいないからなあ。さあ、薬研の挽き加減はどうかな。それもおろそかにはできんぞ」

一林斎も笑いながら言い、話題を変えた。

四

迫っている。

仕掛けてくるなら尾張か……一林斎の胸中に戦慄が走る。桑名《くわな》から熱田《あつた》までの伊勢湾の〝海上七里〟か。水夫《かこ》と行列のなかに潜めば……それが一林斎と冴なら、標的に一服盛るなど簡単にやってのけるだろう。船を降りてから効くように、毒薬を調合することも可能なのだ。

どこで仕掛けるか、またそれは誰か……この時期に綱教から城代の布川又右衛門に宛てた大名飛脚の密書を見れば、その一端はおもてになるだろう。

赤坂の上屋敷から、

(まだ大名飛脚は発たぬか)

一日一日が長く感じられる。

イダテンもハシリも、

「また上方から仲間が出てきてよ、帰りは俺も途中までつき合うことになってよ」

「そうなんだ。伊太の兄弟には悪いが、相模《さがみ》にもお得意さんがあるもんでねえ」

長屋の住人に言っている。近所への根まわしはできている。出立《しゅったつ》が遅れれば、かえって訝《いぶか》られる。

日本橋北詰の割烹でハシリをまじえての鳩首から四日目だった。庭の薬草も春の芽をのぞかせている。

日の出から間もなく、まだ朝のうちだった。向かいの大盛屋のおかみさんが、

「どこのお屋敷の中間さんかねえ、先生に用事で、ちょいと来てくれないかだって」

庭に出ていた一林斎を呼びにきた。

（氷室か）

とっさに思った。上屋敷で奥御殿と中奥とのつなぎ中間をしているから、こたびの策では第一歩の重要な役目を担っている。

大盛屋は簡単な朝めしも出しており、若い職人が三人ばかり入っていた。

「あれ？　霧生院の先生。ここで朝めしですかい」

「いや。ちょいとな」

話しかけてきたのを適当にかわした。

隅に座っていた中間が腰を上げた。果たして氷室章助だった。

「おう」

一林斎は近寄った。

（うまくいったか、見過ごしたか）

いずれにせよ、誰かがすぐさま一林斎へ報告することになっている。来たのが走り手のイダテンやハシリでないのが、一林斎を安堵させた。

「発ったか」

店の隅で立ち話になった。

「けさ、日の出とほぼ同時に、二人は出立《しゅったつ》しました」

「ふむ」

一林斎はうなずき、一言二言かわし、

「ほーっ」

感嘆《かんたん》の声を洩らした。イダテンとハシリは常に旅支度をととのえ、夜もそのまま蒲団に入っていたのだ。氷室も屋敷の裏門に近い中間部屋で毎朝、日の出前から裏庭の掃き掃除に入り、動きを見張っていたのだった。

「それじゃ私はこれで」

氷室は暖簾から顔を出し、霧生院の庭に佳奈が出ていないのを確かめると、さっと走り出てすぐ角を曲がり、見えなくなった。氷室章助は、源六が城代家老の加納五郎左衛門に預けられると同時に、組屋敷から中間として加納屋敷に入り、源六の護り役になった。源六が屋敷を抜け出し、城下の一林斎の薬種屋に走ると、氷室も中間姿で一緒に走った。だから女童であった佳奈とはいつも顔を合わせ、いまも会えば、

『あっ。源六の兄《あに》さんといつも一緒だった中間さん！』

と、気づくだろう。だからどんな火急の用があっても、おもてから霧生院に入ることはできないのだ。

「先生。なんだったんですかい。どっかの中間さんみてえでやしたが」

「ああ。屋敷への往診の打ち合わせだ」

また話しかけて来た職人に返し、一林斎は向かいの冠木門に戻った。

いまごろは、お七里もイダテンたちもすでに品川宿を過ぎているだろう。

けさ、氷室が長屋の腰高障子を叩くなり二人は跳ね起き、

「――半纏の染物は松竹」

聞くなり長屋を飛び出した。形《なり》は風呂敷包みを持った町人の旅装束だったが、赤坂を離れると状箱を担いだ町飛脚に化けていた。走るには飛脚が最も自然であり、二人にとっても最も似合う扮《こしら》えである。

それに二人は、町場の近道をとり、品川宿をお七里より先に走り抜けた。イダテンとハシリならではの芸当だ。

「氷室さまのようでしたが」

冴がすぐに玄関から出てきた。

「ふむ。発った」

一林斎は言葉短かに応え、二人とも真剣な表情になった。けさまではいつ発つかに気を揉んだが、これからは首尾はどうだったか……また気の休まらぬ日がつづくことになる。

「トトさま、カカさま、早う。味噌汁が冷めまする」

居間のほうから佳奈の声が聞こえた。

五

江戸を発って最初の七里役所は、日本橋からほぼ七里の神奈川宿にある。女や年寄りの足では、日の出とともに江戸を発てば、この神奈川宿あたりが最初の泊まりとなるが、飛脚の足では午過《ひるす》ぎにはそこを走り抜ける。だが走り抜けるのは町飛脚で、大名飛脚のお七里はここで交代し、新たな足が次の七里役所がある相模《さがみ》の小和田《こわだ》宿《じゅく》までひた走る。

その神奈川宿で、葵御紋の高張提灯が見える茶店の縁台に、町飛脚が小休止するように腰かけ、軽い腹ごしらえをして茶をすすっていた。その町飛脚は、もちろんイダテンである。茶店の縁台に腰を下ろしてから、小半刻（およそ三十分）ほどを経たろ

うか。イダテンは、

（おっ、来やがったな）

腰を上げ、

「姐さん。お代、ここへ置いとくぜ」

出立の用意にかかった。この間に、充分の休息をとっている。

葵御紋の下では、

「御状箱でーいっ」

松竹模様の半纏が飛び込んだ。江戸の上屋敷を発ったお七里だ。さすがは七里役所か、

「あらよっ」

すぐに新たなお七里が、袱紗《ふくさ》のかかった御状箱を肩に飛び出てきた。半纏の染物は竜虎に変わっていた。

「はーい。二十文になりますー」

イダテンは茶汲み女の声を背に聞いた。

走る。

街道の者をつぎつぎと追い越して行く。

イダテンには、鼠木綿の半纏に躍動する竜虎が格好の目印になる。

宿場の町並みを出て人や荷馬がまばらになったころ、竜虎のお七里は五間（およそ九米）ほどうしろにぴたりとついてくる町飛脚に気づき、

「ちっ」

舌打ちし、足を速めた。

だが町飛脚は遠ざからない。

「くそーっ」

また速める。

（へっへ。走れ、走れ）

吐く息とともにイダテンは心中につぶやく。

街道の両脇から、田植えの準備が進んでいる田の風景は消え、樹間の道へと景色は変わった。

お七里は走りながらときおりふり返る。

やはり五間ほどの距離をとってついてくる。

癪《しゃく》に障《さわ》るのか、いらついているのが背後からも看《み》て取れる。

陽はまだ西の空に高い。

樹間の道は起伏があり曲がっている。

前にもうしろにも人影は見えなくなった。

「よしっ」

イダテンは速度を上げた。

二人のあいだはみるみる縮まり、横ならびになった。

棒の先に結びつけただけの粗末な状箱が、袱紗の御状箱とすれ合わんばかりに追い越した。

町飛脚が大名飛脚を追い越すなど、とんでもないことである。

「や、野郎《わめ》！　待ちやがれっ」

お七里は喚くなり、

「痛《いて》てててっ」

片足を上げ、もう一方の足で勢いづいたままたたらを踏んだ。

追い越しざま、素早い所作だった。〝熱起こし〟を少量塗った菱の実を五、六個撒いたのだ。

「えっ」

イダテンはふり返り、駈け足の足踏みをしたまま、

「どうなされた」

「て、てめえ！　うわっ」

お七里はまた悲鳴を上げた。もう片方の足も踏んだようだ。

「あっ、菱の実だ。危ない！」

その場に尻餅をつきそうになったお七里を、イダテンは足元に気をつけながら駆け寄って支えた。両足は草鞋《わらじ》を通してだからチクリと刺しただけで、抜けば手当などいらない。毒薬は微量で、それだけで充分だ。尻にまで深く刺さったのでは、それこそ刺し傷になって予定が狂ってしまう。

イダテンはお七里の上体を抱きかかえ、

「見なせえ。菱の実が落ちてやすぜ」

「おっ、ほんとだ。くそーっ」

お七里が身をイダテンにゆだねたまま、片方ずつ草鞋の裏に刺さった菱の実を抜き、捨てようとしたのを、

「おっと、その菱。あっしがもらいまさあ。こいつは喰えば栗みてえに旨《うめ》えし、煎じれば二日酔いの薬湯にもなるんでさあ。おっ、まだ落ちている。土地のお百姓が落としていったのかなあ」

お七里はもう自分の足で立っている。イダテンはお七里の手から菱の実をつまみ取り、地に撒いた実も拾い集め、手拭に包んでふところにしまい込んだ。他の者が踏んだら大変だ。

「くそーっ。どこのどいつだ、こんなものを落としていったやつは！　判ればたたっ斬ってやるところだ」

お七里は吐き捨てるように言うと、

「おい、おめえ。ここの礼は言うが、町飛脚の分際で、こんど俺を追い越しやがったらぶった斬るぞ」

刀の柄を叩き、

「へえ。うしろにつかさせていただきやす。さっきはつい急いでおりやしたもので」

イダテンが応じたとき、お七里はもう走りだしていた。

「お気をつけなせえーっ」

声を投げ、イダテンも走った。

こんどは倍の十間ほどの間合いをとった。竜虎が激しく上下し、あいだに旅人が幾人入ろうが見失うことはない。

〝熱起こし〟は大事に至らぬように、少量しか塗っていない。だが、お七里は激しい運動をしており、全身の血のめぐりは速い。これまでの症例から、それだけ効くのが早く、症状も激しくあらわれ、回復もまた早いはずだ。

（竜虎の人。あんたには悪いが、さあ、もっと速く走りなせえ）

念じながらイダテンは竜虎の半纏に足を合わせている。

半刻（およそ一時間）近く走ったろうか。起伏と湾曲の多い樹間を抜けると、ふたたび街道の両脇は田地に変わり、見通しがよくなった。

前方に集落が街道に張り付いているのが見える。保土ケ谷宿《ほどやじゅく》の手前の柴生村《しぼうむら》だ。

「ほほう。計算、どおりだぜ」

吐く息に合わせ、イダテンは声に出した。

お七里の足がふらつきはじめたのだ。

激しい運動の最中に、症状が出ればあとは早い。

背の竜虎が右に左に揺れはじめる。

向かいから来た旅姿が、怪訝《けげん》な顔でぶつかるのを避けた。相手はお七里だ。ぶつかったりすれば、どんな難癖をつけられるか知れたものではない。旅人はそれを知っているようだ。

竜虎のお七里は人の歩くほどの速さになり、足はふらついたまま柴生村の集落に入った。百姓家が街道近くに点々とならび、田には田植えの準備に出ている百姓衆も見える。

路傍の大きな石に腰かけ、火種は近くの百姓家でもらったか、悠然と煙草をくゆらせている旅の商人風の男がいた。ハシリだ。イダテンとの申し合わせどおりである。街道を走るときは飛脚姿で、柴生村の手前で旅の商人に着替えた。風呂敷包みの中は飛脚衣装と状箱が入っている。

ふらつきながら近づくお七里を見ている。

煙管《きせる》をぽんと叩いて火を落とし、

「どうしなさった。お七里さんのようだが」

言いながら近づき、お七里の額に手を当て、

「おっ。こりゃあいかん。すごい熱だ」

「うーん」

お七里は立っているのがやっとの状態になっている。

「私は生薬《しょうやく》売りです。いい熱さましがあるから煎じてあげましょう」

「おぉ、薬屋さんかい。なんでもいい、頼む。どうしたことか、目がかすんできた」

言うと倒れそうになったのをハシリは支えた。

そこへイダテンが追いつき、

「さっきからふらついて、みょうだと思っていたんだ」

「おぉう、さっきの町飛脚かい」

お七里は急激な発熱で意識が朦朧《もうろう》としかけている。

「ともかくどこか休めるところへ。あんたも飛脚で同業のようだねえ。手伝ってくださらんか」

「よござんすとも」

生薬売りのハシリと町飛脚のイダテンが両脇からお七里を抱え、近くの百姓家に運んで縁側を借りた。

「すまねえ。恩に……」

お七里は言いながら横たわり、意識は遠のいた。

「いまだ」

「よしっ」

イダテンは廊下の隅で御状箱の紐を解き、中をあらためた。

あった。数種類の中に綱教から城代の布川又右衛門に宛てた書状が一通……。

百姓家の女房が介抱の手伝いに出てきていたが、飛脚が飛脚の状箱を開けても、なんら奇異には見えない。しかし、文面まで読むのはおかしい。

「おかみさん、すみません。この薬湯を温めてきてくださらんか」

ハシリが用意していた竹筒を女房に渡した。中には笹草の根茎を煎じた〝熱さまし〟の薬湯が入っている。

おかみさんは奥の台所に入った。

イダテンは素早く封書の細紐をほどいた。

文字は腰物奉行の矢島鉄太郎の手のようだが、慥《しか》と綱教の花押が捺してある。矢島が口述筆記したものと思われる。

廊下の隅で読み始めた。

ハシリは、高熱で意識を失ったお七里のうしろ首筋の風池《ふうち》や天柱《てんちゅう》といわれる経穴《つぼ》に力を入れ揉み療治をしている。薬込役なら一林斎や冴でなくとも、当然この程度は心得ている。めまいや立ちくらみ、それに二日酔いにも効く。

「う、うーん」

熱はまだあるが、お七里は意識を取り戻した。

おかみさんが薬湯を入れた鍋を持って出てきた。

イダテンはすでに綱教の信書を読み終え、開いた痕跡を残さず元どおりに細紐を結び、御状箱にも紐をかけ袱紗もかけていた。内容のせいか、表情に緊張の色が見られる。

湯飲みに移した薬湯を、

「さあ、これを飲みなされ。熱さましじゃ。効きますぞ」

「すまねえ」

お七里は一気に飲み、さらに一杯。竹筒には三杯分ほどあった。これで充分だ。ハシリは頭のてっぺんの百会《ひゃくえ》や耳の周辺の角孫《かくそん》などの経穴にも揉み療治を加えていった。

「おぉう、効く。頭がすっきりしてくるようだ」

症状が急激なら、若くもともと元気なせいもあろう、回復もまた早い。

さらにうつ伏せに寝かせ、足腰にも指圧を加えていった。

半刻（およそ一時間）も経たろうか。お七里の熱はほぼ治《おさ》まり、この回復力にはイダテンもハシリも驚くほどだった。

お七里は、陽がかなり西の空に寄っているのを見て、

「おっ、こいつはいかん。日のあるうちに小和田まで行かなきゃならねえんだ」

縁側から庭に飛び下り、いくらか足がふらついたが、

「あぁ、それなら大丈夫だ。すぐもとどおりになりますよ。熱ももうひどくはなりませんから」

「すまねえ、なにからなにまで。あ、おかみさん。お礼の銭はあとで持ってくらあ。俺は天下のお七里だ。ここの街道はいつも走ってるからよ。そちらの生薬屋さんに町飛脚の人。小和田か神奈川の七里役所に寄ってわけを話し、薬料をもらってくんねえ。俺の名は兵十《へいじゅう》」

言うなり兵十は袱紗の御状箱を担ぎ、街道のほうへ走り出た。すぐに見えなくなった。

小和田は藤沢の先である。いまからなら日のあるうちにはちょっと無理かもしれない。それでもか、それだからこそか、大急ぎで走って行った姿など、

「さすがはお七里だなあ」

「荒くれでも、人はよさそうだ」

イダテンとハシリは話し、百姓家にいくらかの礼をし、街道に出た。イダテンは江戸へ引き返し、ハシリはこのまま紀州に戻る。

路傍でイダテンは信書の内容を話した。

「ええぇ！　そんなことまで！」

ハシリも驚いた表情になった。

六

飛脚姿のイダテンが品川宿で一泊し、翌日町人の旅姿になって赤坂ではなく東海道を日本橋に向かい、そのまま神田の大通りを踏み、須田町に入ったのは午すこし前だった。

急患の風は扮《こしら》えず、待合部屋で順番を待った。

「ちょいと遠出をして、足腰が痛うなってしもうて」

「ははは。おめえは印判師で座ってばかりいるから、ちょっと出歩くだけであちこち痛むんだろう。まだ若《わけ》えのによう」

待合部屋にいた、肩を傷《いた》めたという左官屋と話しているのが聞こえてくる。その落ち着いたようすに、

（ふむ。うまくいったようだな）

腰痛の婆さんに鍼を打ちながら一林斎は感じ取り、かたわらで冴も無言でうなずいていた。

イダテンが療治部屋に入ったときは、午前《ひるまえ》の最後の患者になったため、わざわざ療治をしているようすを偽装《つく》ることもなかった。

ただ、

「まあ、伊太さん。こんどは肩じゃなく、足腰ですか？」

「へへ、面目ねえ」

と、佳奈が言ったのへ伊太は腰をさすって見せた。

その佳奈も中食《ちゅうじき》の用意で台所に入り、療治部屋には一林斎と冴が残った。

イダテンは首尾を語った。

「ほう、ほうほう。で、その兵十なるお七里に、迷惑がかかるようなことはしていまいな」

「そりゃあもう、結び目も書状の折り方も小泉どのから聞いたとおりでして、そこに間違いはありやせん」

一林斎が敵でも味方でもないお七里の身を案じたのへ、イダテンは笑みを浮かべながら応えた。

だが、文の内容に話が及んだとき、雰囲気は一変した。

「なんと！」

一林斎は驚愕とともに怒りを覚え、冴も暗澹《あんたん》たる思いになった。

――頼方の江戸参勤は東海道をとるべし。道中警護には薬込役の城下潜み兵藤吾平太を差配にあて、尾州にて和田利治を一行に加え、伊勢湾を海上七里にとり、船中にて下知の完遂あるべし
仕掛ける人員と場所、方途まで指示している。

代々の藩主は光貞のように、一度《ひとたび》命令を出せばあとは薬込役を信じ、人選や方途にまで容喙《ようかい》することはなかった。佳奈の一件を、冷静に受け容れたのも、そうした信頼があったからである。

イダテンもハシリも、一林斎も冴も、まっさきに感じたのは、

(なんと綱教公の狭量なこと。かかる藩主で五十五万五千石は大丈夫か)

で、あった。そして、

(許せぬ)

だった。

しかも葛野藩の大名行列の警護差配に、本家とはいえ紀州藩の、双方の藩士の誰も知らない、城下潜みの薬込役をおもての役務につけるなど常軌を逸している。

一林斎らの怒りは、それだけではない。城下潜みや諸国潜みの薬込役なら、甲賀秘

伝になる必殺の安楽膏の製法は知っている。伊勢湾の海上七里で仕掛けるのは一林斎も想定したことであり、差配が薬込役で仕掛け役も薬込役なら……。かつて源六の初めての江戸下向の道中で毒殺を防ぐことができたのは、仕掛けが久女差配の女式神たちで、一林斎が防御側で道中潜みの差配だったからだ。

こたび海上での仕掛けは、

（確実に成功する）

だがそのとき、警護差配であった兵藤吾平太はどうなる。

責を負い、

（切腹）

さらに累がいずれかに及ぶのを防ぐため、和田利治を秘かに葬らねばならないだろう。〝敵〟とはいえ、兵藤吾平太も和田利治も薬込役なのだ。それも二人とも、藩主綱教の下知を奉じている。

「綱教公は、われら薬込役をなんとお考えか」

その結果を見ない、あまりにもの浅慮に、一林斎は綱教非難を舌頭《ぜっとう》に乗せざるを得なかった。

「ハシリは数日後には和歌山に着きましょう。文の内容が大番頭さまにも……。いかように判断なさいましょうや」

イダテンは武家言葉になっていた。

「父上は、きっと適切に処置しなさるでしょう」

「そう願いてえ。それにしても、くそーっ」

冴が言ったのへ、職人言葉に戻ったイダテンは、言いようのない怒りをあらわにした。薬込役仲間であるはずの兵藤吾平太や和田利治に対してではない。藩主の綱教公に対してである。

「向後のわれらの役務遂行のため、このことは小泉忠介、氷室章助、ロクジュ、ヤクシらにも共通の認識とするよう図っておけ。あとは国おもてで大番頭がどのように判断され、いかな処置をとられるか……それを待つことにしよう」

「へいっ」

イダテンは腰を上げた。

台所ではそろそろ中食の用意ができているころだ。

イダテンの帰ったあと、

「綱教公への埋め鍼、まだ効能は顕《あら》われませんでしょうかねえ」

「こればかりは儂にも分からん。ご簾中のときには四月《よつき》だったのだが」

冴も一林斎も、口調は重かった。

七

弥生《やよい》（三月）の声を聞くと、留左が庭の薬草畑の手入れに来る回数も増え、陽気のせいか柳原土手に野博打を打ちに行く回数も増えた。

一林斎をはじめ江戸潜みたちの気は焦ってくる。綱教の布川又右衛門に宛てた文のとおり事が進んだなら、源六は確実に葬られる。

「父上がそれを放っておくはずはありません」

冴は言うが、どのように放っておかないのか、その知らせがなかなか来ない。

この間に一度、吉良上野介から増上寺に呼ばれ、佳奈を薬籠持にして出かけ、肩や腰に鍼を打ったことなどが、日常と違った動きであり、国おもてからのつなぎを待つ気分をいくらか紛らわせた。佳奈などは上野介から直《じか》に菓子などをもらい、大喜びしていた。

さらにこのとき、

「――どうじゃな」

と、上野介から話があり、

「――願ってもないこと」

一林斎は応え、私的にだが吉良家の外出時における侍医の立場がほぼ固まった。すでに綱教に埋め鍼を打ち込んでおり、

「――下心などない。年行きを重ねたお方への、純粋な気持ちからだ」

と、一林斎は冴に話し、

「――あのお爺さまに、また会えるのですね」

などと、佳奈は喜んでいた。

もちろん上野介は上杉家へ養嗣子《ようしし》に出した綱憲《つなのり》が、紀州徳川家より迎えた正室の為姫《えいひめ》が佳奈の腹違いの姉だなどとは知る由《よし》もない。上野介も純粋な気持ちから、町医者である一林斎の技量を評価し、さらに佳奈の利発さを気に入っているのだ。

待っていたものが来たのは、弥生に入ってから十日ほどを経た日のことだった。三度飛脚の文などではなく、ハシリが冠木門をふらりと入ってきた。旅姿のままだ。赤坂に寄らず直接来たようだ。さりげないようすだったが、

(早く知らせたい)

その意志が、全体の挙措《きょそ》から感じられた。

夕刻近くになっていたが、まだ療治部屋にも待合部屋にも患者がいる。

「おう」

療治部屋から庭に視線を向け、うなずいた一林斎は、

「ちょいと大事な薬草を、あの者に頼んでおりましてな」

と、あとの療治を冴と佳奈に任せ、奥の居間へ入った。患者のなかにはハシリの顔を知っている者もおり、

「おぉ、あの人もここの遣《つか》いをなさっているのか」

「鍼ならご新造さんのほうが優しくっていいぞ。佳奈ちゃんも灸をうまく据えてくれるし」

と、一林斎が療治部屋を退出するのを誰も残念がらなかった。

これには一林斎は嬉しいような、みょうな気分で苦笑せざるを得なかった。

居間には冴が茶を用意し、すぐ療治部屋に戻った。

「で、どうだった」

湯飲みを口に運ぶハシリに、一林斎は身を乗り出した。

「大番頭も綱教公には大きくため息をつかれ、かような策を指示してきたのは、薬込

役でご城代の布川さまの配下へ慥《しか》と入った者は、城下潜みの兵藤吾平太どのと尾州潜みの和田利治どの以外にはいないからだと判断されました」

「ふむ。そのとおりだろう」

一林斎は竜大夫の判断に得心した。

「そこで大番頭は、事前に〝敵〟の策を封ずるには一手しかない、と」

「いかに」

「大番頭は表情を苦痛にゆがめられ……」

身を乗り出した一林斎に、ハシリは語りはじめた。


弥生の声を聞けば、紀州では初夏の陽気に包まれる日もある。

紀ノ川の流れに上下する荷舟《にぶね》に、早くも川魚を求める漁舟《いさりぶね》の混じっているのが川原からも望見できる。

支流に入りそれらからも死角となった岩場に、緊迫した空気がながれていた。

この季節、竜大夫は城下潜みの兵藤吾平太が薬草採りによく出るのを知っている。

かつて一林斎と冴も、この支流によく来ていたのだ。

(――話して分かれば)

と、竜大夫は一縷《いちる》の望みを持っていた。

葛野藩の警護差配などになり、道中での〝陰謀〟を現実のものとしたなら、

『——躬《み》は切腹ぞ』

話し、紀州藩ばかりか柳営（幕府）を揺るがす大事件に発展し、

『——そこに和田利治の命も絶たれるは必定《ひつじょう》』

語って聞かせる算段だった。

だが、人の集まりが二派に分裂したとき、仕掛けた少数の側が神経過敏になるのは、薬込役といえど例外ではない。兵藤吾平太がまさしくそれであった。

「——あっ、大番頭！」

と、岩場に腰掛けている竜大夫の姿を認めた瞬間、吾平太は全身の血の泡立つのを覚えた。

「——おぉう、来たか。このあたり、トリカブトが芽吹いておらぬかと見に来たのじゃ。それに、鮒《ふな》の一尾も刺せればと思うてのう」

竜大夫は、先端を鋭利に切った細い竹竿を手に示した。

が、吾平太は一瞬身構え、

「——待ち伏せておいでだったか」

腰の苦無に手をかけた。二人とも軽衫に筒袖のいで立ちである。吾平太が苦無を帯びているのはきわめて自然だが、竜大夫は帯びていない。吾平太の技量を測り、おのれの歳も考え、まともに渡り合ったのでは、

(わしのほうが危《あや》うい)

ことを知っているのだ。

「――なにを力んでおる。ここへ来て座らんか」

「――大番頭さま、お一人か」

吾平太は岩場に立ったまま、腰の苦無に手をかけ周囲を見まわした。

つぎの刹那《せつな》、

「――うっ」

さすが城下潜み、か、腰の苦無よりも、素早くふところに手を入れ背後に身をそらせながら出した手を頭上にかざした。一瞬の動きだったが、薬込役ならつぎに起こる事態は分かる。

飛苦無だ。吾平太がそれを前面ではなく背後に放ったのと同時だった。灌木群に枝葉の擦れる音が立ち、初夏の陽気に出てきた兎《うさぎ》や狸ではない人の影が現れ、

――キーン

硬い金属音が響いた。

薬込役の一人を、説得が破れたときの用意に竜大夫が配していたのだ。腰の苦無で、吾平太の打った飛苦無を防いだ。

(――もはや止《や》むなし!)

判断せざるを得なかった。

この空気に吾平太は瞬時、つぎに打ち込む得物は腰の苦無かふところの飛苦無か、さらに岩場の竜大夫か灌木の人影か……迷った。

薬込役同士の戦いに迷い……致命的だ。

腰の苦無に手をかけ防御の態勢に入ろうとした刹那、

「――うっ」

右足のふくらはぎに痛みが走った。

竜大夫が放った竹竿が刺さったのだ。

鋭利な尖端とはいえ、軽傷である。だが薬込役なら当然知らねばならない。腰の苦無に手をかけたままふり返り、

「――塗られた、か」

安楽膏である。

灌木群の人影が消えれば、竜大夫も吾平太の反撃を恐れ岩肌に身を伏せている。

竜大夫は叫んだ。

「──不本意じゃ。許せ」

「──うっ」

言われれば、やはり衝撃だ。吾平太はうめいた。全身に毒がまわるには数呼吸の間がある。

「──な、なにゆえ」

「──そなた、それをわしに訊くか」

吾平太は黙した。歴として身に覚えがある。

間を置き、言った。

「──君命ゆえ」

「──是非もなし。そなたとご城代の布川どのが綱教《つなのり》公を奉ずれば、われらは光貞《みつさだ》公を奉じるのみ」

「──ううっ」

吾平太の身が岩場に崩れた。だが、意識はある。

言った。

藩主に直属する……薬込役の本来からは、吾平太のほうが理にかなっていようか。

「――解せぬこと」

一林斎は岩肌から身を上げた。

「――もうよいぞ、打ち込みの構えは」

「――はっ」

灌木群に、ふたたび枝葉の音が立った。

身を崩したまま、吾平太は音のほうへ首をまわしたが、

「すでに、私と目を合わすことはありませなんだ」

「ふむ」

一林斎はうなずいた。灌木に身を伏せていたのは、ハシリだったのだ。

さらにその場のようすを、

「耳はまだ聞こえるようにて、その最期に……」

ハシリは語った。

「――そなたこそ、まっこと忠義の薬込役かも知れぬ」

竜大夫は語りかけるように言い、吾平太はかすかにうなずきを見せたという。

「ふーむ」

と、一林斎にはそのときの竜大夫の心情が理解できた。一林斎も、カシイの死体が神田川から大川（隅田川）に流れるのを見送っているのだ。

ハシリの口調はあらたまり、

「それからすぐのことでございました。城下の薬種屋のあるじが、紀ノ川の河原で死体となっているのを土地の者が見つけ、役人が駈けつけまして、死因は足の傷跡から、蝮《まむし》に咬まれたのだろう、と」

「いつのことだ」

「私はそれを確認してから和歌山を発ちましたから、七日前のことになります」

「ふむ。で、江戸潜みのわれらへの下知は」

感傷に浸っている余裕はない。

「はい。すべて国おもてで按配《あんばい》するから、いまは動くな、と。ただし、私には個別に下知がありました。これよりロクジュと二人で名古屋に潜み、尾州潜みの和田利治どのを見張り、不穏な動きがあれば阻止し、殺してはならぬ、と」

「ふむ」

竜大夫は、犠牲を最小限に抑え事を重大化させない……それが源六君のためである……そう配慮しているのであろう。

お茶を干したハシリはいくらかくつろいだようすになった。

「こたびの大名飛脚で、途中でお七里が一人熱を出してどうのなどと、そういった報告はなかったとのことです」

「ほう。それはよかった」

一林斎は微笑《ほほえ》んだ。兵十はあのあと何事もなく小和田宿までひた走り、失態は報告しなかったのだろう。多少は予定より遅れたであろうが、お七里といえど風雨などで遅れることはよくあるのだ。同時に、小泉が伝授したイダテンの紐の結び方も完璧だったようだ。

八

下屋敷の小泉忠介が、

「国おもての布川又右衛門どのより上屋敷に、頼方さま江戸参勤の件で大名飛脚がありました」

と、日本橋北詰の割烹で一林斎と鳩首し語ったのは、ハシリが霧生院に駈け込んでより五日後のことだった。ハシリはすでに三日前、ロクジュと一緒に名古屋に向け江戸を出ている。

源六の和歌山出立が数日後に迫っているのだ。

「神奈川宿より赤坂の上屋敷に走り込んだのは、神奈川宿の兵十なる者とか」

「ほう。それはなにより」

また一林斎は微笑んだ。小泉もイダテンから柴生村での一件を相当詳しく聞いたようだ。

お七里は走り終えると、返書がない限りすぐ元の七里役所に帰るから、赤坂の町場でイダテンとばったり顔を合わせる心配はない。

それよりも、兵十が運んできた書状の内容である。

兵藤吾平太が〝蝮に咬まれて〟死去したあと、竜大夫は精力的に動き、城代家老の布川又右衛門にも圧力をかけたようだ。

和歌山城を出立する源六こと松平頼方の、行列の陣容が決まったという。

兵藤吾平太に死なれた布川又右衛門は狼狽の極に達していた。そこに竜大夫の容喙《ようかい》する余地が生じたようだ。

和歌山から草津《くさつ》までは、二十人ほどの行列を組み、差配は竜大夫自身が執ることになった。

「ほう」

一林斎は安堵した。周辺には幾人かの薬込役が道中潜みとして、秘かに随行することだろう。これほど完璧な防御はない。

草津で越前の丹生郡《にうぐん》葛野《かずらの》から出て来た家臣団五十人ほどと合流し、そこからが本格的な大名行列となり、一路東海道を江戸へ向かう。差配は葛野藩の国家老である加納久通《ひさみち》が執る。

源六の行列はすなわち葛野藩の行列である。それの差配に葛野藩の家老が就く。きわめて自然なことだ。加納久通なら源六と気心も知れており、差配にも疎漏はないだろう。この布陣には本家といえど綱教も布川又右衛門も、異議を唱えることはできなかったろう。

だが、兵藤吾平太という危険な牙は抜いたものの、まだ油断はできない。そこを竜大夫は考慮し、〝敵〟のつけ入る隙を塞《ふさ》いだのだ。そのために薬込役の組屋敷と葛野のあいだを、幾度も竜大夫配下の薬込役が飛脚となって往復したことが容易に想像できる。

それよりも一林斎は、一行が中山道《なかせんどう》ではなく、綱教が布川に指図した東海道を進むことに、竜大夫と加納久通の大きな配慮を見た。

綱教も布川又右衛門も、さらに矢島鉄太郎も、兵藤吾平太の死には疑念を感じているはずだ。そこへ源六の行列が中山道をとったのでは、綱教に正面から逆らい、江戸へ乗り込むかたちになる。それこそ、源六のためにならない。

配慮はそれだけではなかった。

「尾張では、当初から布川さまが定めておられた、海上七里をとるとのことです」

「ほおう。そのために大番頭は、ハシリとロクジュを和田利治に張り付けられたのだな。そこまで〝敵〟の策のとおりに事を進めれば、兵藤が〝蝮に咬まれた〟のは、真実味を帯びようかのう」

「おそらく」

「それにしても、和田には動いてもらいたくないなあ。みょうに動けば、尾張でも薬込役同士が争わねばならなくなるからなあ」

「まったくです」

割烹の明かり取りの障子戸は開け放している。庭から入って来る風は、初夏の香を帯びていた。和歌山でも葛野でも、出立を間近にひかえ、行列の準備はすでに整っているころだろう。

江戸潜みの組頭と小頭は、無言でうなずきを交わした。ハシリの言ったとおり、すべて国おもてで按配されていた。江戸潜みの者は、ハシリと名古屋へ出張ったロクジュをのぞき、あとは静かに源六の行列の江戸入府を待つのみであった。

「わたしには、源六君が千駄ケ谷の下屋敷に入られてからのほうが心配です」

「もっともだ」

冴が言い、一林斎がうなずいたのは、その日の夜のことだった。

九

「あれーっ、また馬のおじさん。お江戸にお住まいなのか」

霧生院の冠木門のところで、急ぎ出かけようとしていた冴と佳奈が、入ろうとしたハシリと鉢合わせになったのは、弥生も末となり、あと数日で江戸も初夏の卯月《うづき》（四月）になるという日の夕刻近くだった。ここのところハシリが霧生院に来るのが頻繁となっているため、佳奈はそう思ったのだろう。旅姿ではなく、単《ひとえ》の着物を尻端折にし、風呂敷包みを小脇に抱えている。旅装束が入っているのだろう。

「へえ、まあ、そんなところで。で、ご新造さんとお嬢、これから往診で？」

佳奈は薬籠を小脇に抱えている。

「えぇ、ちょいと」

「そんなことよりカカさま。さあ、早う」

冴がなにやらハシリと話したそうにするのを佳奈は急かした。町内の商家で産気づいたおかみさんがおり、これから急ぎ行くところだったのだ。

「いま、一林斎が療治部屋にいますから。患者はおりませぬ」

佳奈に手を引っぱられ口早に冴は言った。ハシリに急いでいるようすはなく、そこに冴は気を休めることができた。

「おぉう、戻ったか。さあ、上がれ」

縁側に出た一林斎が手招きした。

冴が言ったとおり、きょう最後の患者が帰ったあとだ。

一林斎も、ハシリに急いだようすがないので、

(行列は無事着いたか)

と、まず安堵を覚えた。

療治部屋でハシリは言った。

「尾州潜みの和田利治どのになんの動きもありませんでした。ただ桑名《くわな》を出た海上七里の船が熱田《あつた》の湊《みなと》に着いたのを、遠くから首をかしげて見ておりやした。和田どの

の、行列に連動した動きといえばそれだけでして」

「ふむ。和田になんらかの指示を出す前に兵藤は蝮に咬まれて逝ってしまい、布川どのはただ狼狽し和田にはなにも知らせていなかったのかのう。それで和田はただ不思議そうに湊までぶらり……」

「おそらく。そのように見えました。われら薬込役のつなぎではあり得ないことで」

「そのとおりだ。で、行列は？」

「きょう夕刻、もうそろそろでしょう。品川宿に入ります。ロクジュがまだついておりますが、千駄ケ谷の下屋敷へはあしたになると思います」

「で、おまえは？」

ハシリとロクジュは、名古屋からそのまま江戸まで道中潜みをせよと竜大夫から言われていたようだ。

「それなんでさあ」

ハシリはくだけた口調になり、

「神奈川宿から行列の先頭で水を撒いていたの、誰だと思いやす」

「神奈川宿から？　兵十とか」

「さようで」

いずれの大名家の行列も、宿場や城下の町場を通過するときには、供先《ともさき》の武士が二人ほど、

「寄れーっ、寄れーっ」

と声を上げながら進み、往来人たちが軒端《のきば》や路傍《ろぼう》に身を避けたところへ中間《ちゆうげん》が四、五人、供先のうしろで水桶を手にかわるがわる柄杓《ひしやく》で水を撒きながら進む。そのあとに行列の本隊が粛々とつづく。

紀州家の七里役所の者たちも、分家の行列に駆り出されたようだ。

「それで兵十はたぶん帰りはお七里の仕事で赤坂にも寄るでしょうから、イダテンに町場でばったり出合わぬようにこれから伝えに行き、その足で紀州に走り帰ります。大番頭が首を長《なご》うして無事江戸入府の知らせを待っておいででやしょうから」

「それはご苦労なことだ。ともかく行列の江戸入府はあしただな」

「へえ、さようで。さっき冴さまと佳奈お嬢に会えたの、さいわいでやした。その知らせも、大番頭は待っておいででやしょうから」

ハシリは腰を上げた。

無事出産の手助けをし、冴と佳奈が戻って来たのは、すっかり暗くなってからだった。

佳奈は新たな生命の生まれる手伝いをするのが嬉しいのか、

「生まれると同時にオギャーと。もうそれはそれは元気な男の子で。わたしの弟分にしようかしら。家も近くだし」

と、まるで自分の弟が生まれたように話した。

このとき一林斎と冴の脳裡には、

(綱教公に埋《うず》めた鍼、まだ効かないか)

一瞬走った。腹違いだが、佳奈の兄なのだ。

一林斎がふっと言った。

「その赤ちゃん、武家じゃなく商家の子に生まれてよかったなあ」

「え?」

佳奈に、その意味が分かるはずはない。


一日が明けた。

日の出とともに佳奈が冠木門を開け、前を通る豆腐屋や納豆売りたちと挨拶をかわし、いつもと変わりのない朝を迎えた。

裏の台所では冴が火打石に音を立て、火を熾《おこ》している。

やがて町内の患者が冠木門をくぐり、

『きょうもお願いしますじゃ』

と、庭から待合部屋に入ってくるだろう。

どこの大名家の屋敷に遠路からの行列が入ろうが、一介の町医者の療治処には遠い世界の出来事である。

陽が中天に近づいたころ、療治部屋に入る患者がすこし途切れたとき、

「おまえさま。もうそろそろ」

「ふむ」

冴が言ったのへ一林斎はうなずきを返した。

「なにがそろそろじゃ？」

薬研で挽く薬草を整えながら佳奈が訊いたのへ、

「い、いや。こむら返りの藤次がしばらく来ていないので、ちょいと心配になってなあ。発症しておらねばいいのだが」

「あぁ、あの岡っ引の、来れば留左さんと喧嘩ばかりしている人」

佳奈は笑いながら言った。

ちょうどそのころ、冴がふと洩らしたとおり、源六の一行は千駄ケ谷の紀州藩下屋

敷に入っていた。

豪華な権門駕籠から降り立ったその姿に、光貞は目を瞠《みは》った。一林斎と冴が見たなら、さらに驚くことだろう。十六歳とは思えぬ大柄で、一人前の精悍な青年武士に成長しているのだ。声もすでに大人びている。

光貞への挨拶をすませ、奥でくつろぐなり道中差配の加納久通に言った。久通も二十六歳と若い。

「なあ、久通。すぐ越前に帰るのではなく、しばらく滞在していかんか」

「しばらくならよろしいが。で、上屋敷の兄上さまへのご挨拶は?」

「そんなのはいつでもいい。江戸にはおもしろいところがたんとあってのう。わしが案内しよう」

「えぇえ！　いかようなところへ」

「そうじゃのう。まっさきに思い浮かぶのは、湯島聖堂の近くにな、神田川というのが流れていて、そこの土手じゃ。古着屋や古道具屋が幾丁にもわたって立ちならび、大道芸人も喰い物の屋台も出ていて、その先は両国広小路といって常に芝居小屋がかかっている。まずそこじゃ。わしには懐かしいところでなあ」

あれは源六が九歳、佳奈が七歳のときだった。赤坂の奥御殿から湯島聖堂に行くといって抜け出し、柳原土手から両国広小路を散策したとき、町内の子供たちと遊びに出ていた佳奈とすれ違った。双方とも人混みのなかで気づくことはなかったが、捜《さが》しに出た冴は胸を撫で下ろしたものだった。

「クション」

その柳原土手に近い霧生院の療治部屋で、佳奈は灸の煙が鼻に入ったか小さなくしゃみをした。

冴はその日の夕刻、納戸の奥にしまい込んだ、内藤新宿の鶴屋で光貞から賜《たまわ》った、あの脇差と印籠をそっと確かめた。あるのを確認したのではない。憖《しか》としまわれていることを確認したのだ。

元禄十二年（一六九九）弥生の末の一日だった。

一〇〇字書評

隠密家族　難敵

切り取り線

購買動機（新聞、雑誌名を記入するか、あるいは○をつけてください）	
□（　　　　　　　　　）の広告を見て	
□（　　　　　　　　　）の書評を見て	
□ 知人のすすめで	□ タイトルに惹かれて
□ カバーが良かったから	□ 内容が面白そうだから
□ 好きな作家だから	□ 好きな分野の本だから

・最近、最も感銘を受けた作品名をお書き下さい

・あなたのお好きな作家名をお書き下さい

・その他、ご要望がありましたらお書き下さい

住所	〒				
氏名		職業		年齢	
Eメール	※携帯には配信できません	新刊情報等のメール配信を 希望する・しない			

この本の感想を、編集部までお寄せいただけたらありがたく存じます。今後の企画の参考にさせていただきます。Eメールでも結構です。

いただいた「一〇〇字書評」は、新聞・雑誌等に紹介させていただくことがあります。その場合はお礼として特製図書カードを差し上げます。

前ページの原稿用紙に書評をお書きの上、切り取り、左記までお送り下さい。宛先の住所は不要です。

なお、ご記入いただいたお名前、ご住所等は、書評紹介の事前了解、謝礼のお届けのためだけに利用し、そのほかの目的のために利用することはありません。

〒一〇一－八七〇一
祥伝社文庫編集長　坂口芳和
電話　〇三（三二六五）二〇八〇

祥伝社ホームページの「ブックレビュー」からも、書き込めます。

http://www.shodensha.co.jp/bookreview/

祥伝社文庫

隠密家族《おんみつかぞく》　難敵《なんてき》

平成25年9月5日　初版第1刷発行

著　者　喜安幸夫《きやすゆきお》

発行者　竹内和芳

発行所　祥伝社《しょうでんしゃ》
東京都千代田区神田神保町3-3
〒101-8701
電話　03（3265）2081（販売部）
電話　03（3265）2080（編集部）
電話　03（3265）3622（業務部）
http://www.shodensha.co.jp/

印刷所　萩原印刷
製本所　積信堂
カバーフォーマットデザイン　中原達治

Printed in Japan ©2013, Yukio Kiyasu　ISBN978-4-396-33877-0 C0193

祥伝社文庫　今月の新刊

貴志祐介
ダークゾーン　上・下
"軍艦島"を壮絶な戦場にする最強のエンターテインメント。

西村京太郎
生死を分ける転車台　天竜浜名湖鉄道の殺意
十津川警部が仕掛けた3つの罠とは？　待望の初文庫化！

太田蘭三
木曽駒に幽霊茸《ゆうれいだけ》を見た
死体遺棄、美人山ガール絞殺、爆弾恐喝。山男刑事、奮闘す。

梶尾真治
壱里島奇譚《いちりじまきたん》
奇蹟の島へようこそ。感動と驚愕の癒し系ファンタジー！

矢月秀作
D1　警視庁暗殺部
桜の名の下、極刑に処す！闇の処刑部隊、警視庁に参上！

宮本昌孝
天空の陣風《はやて》　陣借り平助
戦国に名を馳せた男が次に陣借りしたのは女人だった!?

小杉健治
黒猿《くろましら》　風烈廻り与力・青柳剣一郎
温情裁きのつもりが一転――剣一郎が真実に迫る！

岡本さとる
情けの糸　取次屋栄三
断絶した母子の闇を、栄三の取次が明るく照らす！

富樫倫太郎
木枯らしの町　市太郎人情控
寺子屋の師匠を務める数馬。元武士の壮絶な過去とは？

喜安幸夫
隠密家族　難敵
新藩主誕生で、紀州の薬込役が分裂！　一林斎の胸中は？

藤原緋沙子
風草《かぜくさ》の道　橋廻り同心・平七郎控
数奇な運命に翻弄された男の、命懸け、最後の願いとは――